本书受到海南师范大学中国语言文学省级 A 类重点学科、中国语言文学一级学科博士点资助

间性的创造

文化翻译视野下的少数民族作家非母语写作

刘　伟　著

中国出版集团　东方出版中心

图书在版编目（CIP）数据

间性的创造: 文化翻译视野下的少数民族作家非母语写作 / 刘伟著. 一上海: 东方出版中心, 2023.11
ISBN 978-7-5473-2279-6

Ⅰ. ①间… Ⅱ. ①刘… Ⅲ. ①少数民族文学—文学研究 Ⅳ. ①I106.9

中国国家版本馆 CIP 数据核字(2023)第 198762 号

间性的创造：文化翻译视野下的少数民族作家非母语写作

著　　者　刘　伟
责任编辑　潘灵剑
封面设计　钟　颖

出 版 人　陈义望
出版发行　东方出版中心
地　　址　上海市仙霞路 345 号
邮政编码　200336
电　　话　021-62417400
印 刷 者　山东韵杰文化科技有限公司

开　　本　890mm×1240mm　1/32
印　　张　5.625
字　　数　134 千字
版　　次　2023 年 11 月第 1 版
印　　次　2023 年 11 月第 1 次印刷
定　　价　58.00 元

目　　录

导　　论

第一节　民族、语言、文学：三者
之间的互动

　　语言、文学和民族，三者之间自始至终存在复杂的互动关系。首先文学就是语言的审美表达，是语言的特殊形态，换言之，语言是文学的基本属性之一，它既是文学的内容载体，也是文学的审美对象，语言和文学的关系是一目了然的。

　　同样，语言和民族之间也存在明显的关联性，虽然语言差别并不是区分民族的充分条件，但民族的差异往往以语言的差异为典型表征。即使在社会生物学领域中，语言对思维乃至文化的塑造作用也是被广泛认可的，语言某种程度上和思维、文化是同构的。也许我们并不完全认同"萨丕尔-沃尔夫假说"，也就是"语言决定论"的全部观点，语言的确无法成为决定人类思维的唯一形式，人类思维的全部密码也不仅仅只隐藏在语言之中。语言影响的绝对性假说很大程度上取消了不同语言持有者（往往又是以民族为边界的）之间理解的可能性，从而最终滑入相对主义和虚无主义的深渊。但同时，我们对"萨丕尔-沃尔夫假说"中包含的语言相对论也要予以足够的重视，语言对思维形塑作用也是显而易见的。不同文化要素在语言中有对应的体现，尤其是在观测相对性标准而不是绝对性标准的时候。如同语言学分析测定，英语中描绘基本颜色的词语有 11 个，分别是黑、白、红、绿、黄、蓝、褐、紫、粉红、橙和灰。但其他一些语言，例如巴布亚新几内亚达尼人的语言中，只有两个描述基本颜色的术语，他们只不过是简单地对明和暗作出了区分。同样，中国古汉语中有众多对马的区分，在爱斯基摩人那里雪有几十种之多，在符号学(Semiotics)那里，这被称为"双重分节"(Double Articulation)，也就是能指的分节带来了所指的分节。这都是语言影响思维的例子。

关于"民族"的定义，"民族"概念本身就是雷蒙·威廉斯(Raymond Williams)所说的一种文化与社会的关键词①，是一个极少获得共识的术语，它的理解和人们看待文化和社会的特定方式和眼光相关。所以查尔斯·梯利(Charles Tilly)才说民族(nation)是"政治字典中最难解和具有倾向性的术语之一"②，凯杜里也说，"民族"的概念"其实是晦涩的、深奥的"③，霍布斯鲍姆(Eric Hobsbawm)则认为，关于"民族"的定义"至今尚无一致通论或标准规则"④。

但定义不论是强调本质主义的客观性，还是强调相对主义的建构性，其中不同的文化和语言都是民族的重要特征。有的强调其客观的因素，比如共同的居住地、共同的来源、共同的血统、共同的语言、共同的精神生活和共同的国家制度，等等。认为"民族"是一种巨大的、有影响的生活共同体，它在长期发展中历史地形成，并进行可持续的运动和变化。它具有一些重要的、本质的基础或者特征，虽然也承认这些特征和基础并非那么牢靠和一成不变。

---

① ［英］雷蒙·威廉斯：《关键词》，刘建基译，生活·读书·新知三联书店 2005 年版，第 316 页。
② Charles Tilly. *The Formation of Nation States in Western Europe*. Princeton：Princeton University Press，1975，p6.
③ ［英］埃里·凯杜里：《民族主义》，张明明译，中央编译出版社 2002 年版，第 2 页。
④ ［英］埃里克·霍布斯鲍姆：《民族与民族主义》，李金梅译，上海人民出版社 2000 年版，第 5 页。

"受社会生物学影响的学者都倾向于这种诠释,即把民族主义视为一种生物学的而非规范的范畴。"①最典型的比如斯大林的定义:"民族是人们在历史上形成的一个有共同语言、共同的经济生活以及表现于共同文化上的共同心理素质的稳定的共同体。"②并认为"民族是以共同的地域、共同的经济生活、共同的婚姻范围等联系为形成条件,以共同的语言、共同的物质和精神文化特点为客观特征,而以自我意识和自我称谓为根本要素的一种具有相当稳定性的社会共同体"③。这些文化特征被认为是民族的典型内涵和"典范特征","与此典范特征不符的则被忽略,或被认为是受外来文化污染的结果"④。

还有一些学者像厄内斯特·盖尔纳(Ernest Gellner)和本尼迪克特·安德森(Benedict Anderson)就认为民族只是一个现代性的概念,而不是前现代和固有的。其实我们对民族的定义,不过是对已然被规范的并且用"民族"命名的那一类范畴的描述。盖尔纳曾说:"当且只当两个人相互承认对方属于同一个民族,则他们同属一个民族。换言之,民族创造了人;民族是人的信念、忠诚和团结的产物。如果某一类别的人(比如某个特定领土上的居民,操某种特定语言的人),根据共同的成员资格而坚定地承认相互之间的权利和义务的时候,他们便成为一个民族。使他们成为民族的,正是他们对这种伙伴关系的相互承认,而不是使这个类别的成员有别于非成员的其他共同特征。"⑤安德森的主张则更为彻底,他认为民族其实是一种文化人工制成品,是一种现代的想象形式,"一

①　[澳]安德鲁·文森特:《现代政治意识形态》,袁久红译,江苏人民出版社2005年版,第418页。
②　[苏联]斯大林:《马克思主义和民族问题》,见《斯大林选集》上卷,人民出版社1979年版,第59—117页。
③　贺国安:《刘克甫谈汉民族研究与民族理论问题》,《民族研究》1987年第4期。
④　王明珂:《华夏边缘:历史记忆与族群认同》,允晨文化出版社1997年版,第21页。
⑤　[英]厄内斯特·盖尔纳:《民族与民族主义》,韩红译,中央编译出版社2002年版,第9页。

种想象的政治共同体——并且，它是被想象为本质上有限的，同时也享有主权的共同体"①，它的社会结构上的先决条件是"资本主义、印刷科技与人类语言宿命的多样性这三者的重合"②。关于共同体的想象形式，或多或少可以追溯到康德那里，康德认为感性的东西和悟性的东西是以想象力为媒介的，在这个意义上，共同体性的社会契约性的理想状态也以想象作为媒介。柄谷行人也说：称"民族"为"想象的共同体"无疑是正确的，同时"民族"并不"只是单纯的想象之物，而应该说想象自有其必然性存在的"③。

民族作为"想象的共同体"，它的建构过程与语言的多样性是分不开的，在民族诞生之初，"民族主义的新中产阶级知识分子必须邀请群众进入历史之中，而且这张邀请卡得要用他们看得懂的语言来写才行"④。这种"看得懂的语言"其实就是民族方言，虽然民族的边界并不一定和语言的边界完全重合，就像王明珂先生所研究的羌族的例子，就语言而言，"首先，说羌语的不一定都是羌族；譬如黑水县说羌语的人群，大多数自认为、也被国家认为是藏族。其次，羌族不一定都会（或都愿意）说羌语；这种情形在城镇或接近城镇的羌族，或羌族年轻人之间尤为明显"⑤。但我们毕竟需要一个共同体有别于另外的共同体，而完全"强调将情感、意志、想象和感受作为民族和民族属性的标准，则很难将民族与其他集团如区域、部落、城邦国家和帝国等区分开来，因为这些集团也具有

---

① ［美］本尼迪克特·安德森：《想象的共同体》，吴叡人译，上海人民出版社 2005 年版，第 6 页。
② ［美］本尼迪克特·安德森：《想象的共同体》，吴叡人译，上海人民出版社 2005 年版，第 5 页。
③ ［日］柄谷行人：《日本现代文学的起源》，赵京华译，生活·读书·新知三联书店 2003 年版，第 5 页。
④ ［美］本尼迪克特·安德森：《想象的共同体》，吴叡人译，上海人民出版社 2005 年版，第 77 页。
⑤ 王明珂：《华夏边缘：历史记忆与族群认同》，允晨文化出版社 1997 年版，第 28 页。

相同的主观依恋"①,所以在主观和客观的中和下,语言的区别性特征很容易成为民族的区别性特征。

　　既然民族和语言之间有着千丝万缕的联系,那么民族与文学的结合也是题中应有之义,是某种民族文化自觉过程中的必要实践。文学本来就作为文化信息的重要载体,其实它在起源上就与民族文化(尤其是民俗)有着千丝万缕的联系。虽然民族文化和文学之间的确存在着不同,诸如:

民族文化	文学
口头的	书面的
表演	文本
面对面的交流	间接交流
短暂的	持久的
集体的(事件)	个体的(事件)
再创作	创作
变体	修改
传统	创新
无意识的结构	有意识的设计
集体表述	有选择的表述
公众(所有权)	私人(所有权)
传播	发行
记忆(回忆)	复读(回忆)②

但正是这些不同,我们更能发现两者之间其实有着相当程度的重合,民族文化的文本化就成为民族文学的雏形。同时民族文化中

---

① 〔英〕安东尼·史密斯:《民族主义:理论,意识形态,历史》,叶江译,上海人民出版社2006年版,第12页。
② 户晓辉:《民间文学与现代性》,社会科学文献出版社2004年版,第93—94页。

必然包含着文学要素和某种文学行为，就像纳西族的东巴祭天仪式中，要朗诵纳西族的创世史诗《崇般图》；而在消灾仪式中，则要诵读英雄史诗《黑白战争》；在祭风仪式上，要朗诵抒情叙事长诗《鲁般鲁饶》。文学本就起源于民族活动，尤其是民俗活动。《吕氏春秋·古乐》中记述了传说文学最早的雏形"葛天氏之乐"，其中的《奋五谷》所描述的是农业生产，《总禽兽之极》描述的是狩猎生活。而在《吕氏春秋·淫辞》与《淮南子·道应训》所记述的"前呼邪许，后亦应之"的"举重劝力之歌"也被认为是最早的诗歌。在《史记》索隐引《三皇本纪》和《古今图书集成》引《辨乐论》中，还记述了伏羲时代的"网罟之歌"。大概是基于这种情况，《公羊传·宣公十五年》注释里提出了"饥者歌其食，劳者歌其事"的观点，蕴含着劳动过程生产诗歌的思想。《周易》说："雷出地奋，豫，先王以作乐崇德，殷荐上帝。"《周礼》说："大合乐以致鬼神示。"《汉书》说："乐者歌九德，诵六诗，是以荐之郊庙，则鬼神享之。"《路史·后纪八》说："……为圭水之曲，以召而生物。"这些记述，揭示了文学和民族文化之间的同源关系。

只是民族文化在从口传到书面的过程中，逐渐地"去语境化"（decontextualization）了，"即时即地性"的丧失，不但失去了本雅明所说的"光晕"，还失去了某种实用性特征。但文学与民族的关系还是很显然的。

在历史发展过程中，与语言成为民族的典型要素一样，文学和民族文化的结合，并成为一个共时耦合的系统，也可以从文学史上找到直接线索。18世纪中期德国的"狂飙突进"（Sturm und Drang）运动中，赫尔德（Johann Gottfried von Herder）就曾主张各民族本土文化的发展，来产生一种表现在艺术与文学上的"民族精神"（Volksgeist），他认为各民族群体的文学都要承载本民族的独特性。"一个民族越是粗犷，这就是说，它越是活泼，就越富于创作的自由；它如果有歌谣的话，那么它的歌谣也就必然越粗犷，这就是说,它的歌谣越活泼,越奔放,越具体,越富于抒情意味!"①某种程度上,民族的类型影响了民族文学的类型,民族的风格塑造了民族文学的风格,文学中体现出来的民族思维、民族审美、民族性格、民族社会组织方式等就是民族要素的外显化形式,民族文学很大程度上成为民族精神和民族风格的文学化形式。

由此产生了民族、文学、语言之间的复杂三重关系,但因为三者之间并不是一一对应的关系,结合存在错位和缝隙,尤其是在民族内容和民族语言两者之间存在多种的可能性,于是在文学的框架下,形成了四种不同的表现类型,包括:1. 用本民族语言表现本民族文化;2. 用本民族语言表现非本民族文化;3. 用非本民族语言表现本民族文化;4. 用非民族语言表现非本民族文化。

这四种不同类型的文学形态体现了不同的文学和民族关系,某种程度上也使得一种文学作品的民族属性呈现得更加多元,同时也使得作品的民族文化归属问题变得更加复杂。对于这个问题,我们会在后文详加分析。

第二节　非母语写作与双语写作:少数民族文学中语言形态的不同面向

在民族内容和民族语言的组合形态中,其中如果文学书写采用非本民族语言,那么它就是一种非母语写作的形式。非母语写作的文学现象其实非常普遍,形成原因也很复杂,既有主动的文化传播需求使然,也有被动的文化选择的影响。非母语写作不是民族文学内部特有的文学现象,也不只存在于民族作家身份之上,但因为民族作为共同体,天然与语言有着密切的联系,民族也某种程

---

① 伍蠡甫主编:《西方文论选(上卷)》,上海译文出版社 1979 年版,第 440 页。

度上包含了语言的差异性要素，语言成为一种天然的区别性特征，所以语言选择的不同，往往背后的民族身份也不一样，尤其是在类似母语/非母语这样一个二元结构中，本来就是强调某种区别，这样就在非母语写作和民族文学之间建立了一种联系，虽然这种联系也不是本质性的。

在母语/非母语的二元结构中，两者当然不一定是非此即彼的关系，就具体的写作行为而言，作家需要选择某一种语言进行创作，但就长时段的创作过程而言，作家当然可以使用母语和非母语语言中的任何一种，当不限制于某一种语言的书写时，便是一种"双语写作"（Bilingualism）。某种程度上"双语写作"是"非母语写作"的上位概念，它既包含着"非母语写作"，也包含着"母语写作"。而且"非母语写作"作为集合概念，也可以包括不止一种非母语。

但实际上问题要复杂得多，一般意义上的"双语写作"指的是用两种或两种以上语言写作，但其实也包含着"操两种语言，但用一种文字写作。具体说，就是操双语但用母语写作的一类，和也是操双语但非母语写作的一类"①。比如在一些人口较少民族中，有语言但没有文字，那么他借用汉语进行的写作，也是"双语写作"。

但就像上文所言，"双语"作为一个集合名词，并不能描述每一种具体的写作过程，而只能对这一现象的整体加以命名。就像我们只能说某一少数民族作家这次用母语进行了创作，或者某一作家那次用非母语出版了著作，但我们不能说某一作家正在用双语进行某一次特定的写作。因为针对特定和具体的写作过程而言，书写语言是具有唯一性和排他性的，采用某种语言也就意味着要放弃其他语言形式，虽然并不是不存在一部作品包含多种语言的可能性。相反，这种情况还非常普遍，但通常另一种语言只是作为

---

① 朝戈金：《中国双语文学：现状与前景的理论思考》，《民族文学研究》1991 年第 1 期。

副文本出现,多种语言是无法同时成为文本主体的。

其实背后的原因很简单,并不是某种写作的规范性约束,没有一种写作原则要求作者不能同时采用多种语言进行创作,也并非作家自身的语言水平限制,所谓的"双语作家"意味着他们都能熟练地采用多种语言进行交替式写作。所以这种规范性往往来自读者阅读,因为我们无法预知也不能保证读者都具有双语能力,从而阅读并理解全部的双语内容,一旦由另一种语言构成的文学局部无法被读者有效阅读,那么就不能在阅读中保持作品的整体性。也许多语并存并且同为文本主体的写作是存在的,但这种作品的读者定位很尴尬。此外,我们也不能把常见的双语对照的文本算进来,很显然,它并不是一次特定的创作行为,而是两次,本质上是以此创作或翻译的过程,文本也呈现为原文和译文。而且它们并不是线性写作的关系,而只是把两种先后完成的不同文本共时性地编排在一起,这样的过程即使文本的翻译者就是原作者本人,我们也不能说他进行了一次同时双语写作的过程。

但正是由于"双语写作"的存在,才产生了对母语/非母语作出区分的必要性,所以双语的应用场景和非母语其实是一致的,但"双语"更接近一种价值中立的表述,某种程度上是非价值化的。母语/非母语则不然,母语是一种隐喻的表达,暗含了对某个集团的文化认同和身份认同,这种认同就如同血缘身份一样,被人为本质化了。语言构成了文化的表述场域,两者之间的联系使得语言的所有权往往依附于文化,而民族归属又是最为典型的文化身份,所以语言就被嵌入民族身份之中,成为民族的区别性特征。虽然并不是每个民族都有自己独有的语言形式,但不容否认的是,民族首先需要拥有语言,那么民族身份和语言相结合,或者说被民族化的语言,对于民族个体而言,就形成了一种"母语"(mother tongue)。

"母语"的表述具有典型的本质主义色彩,是一种血缘性隐喻。"母语"中的"母亲"概念,显然并不是一个完全的文化身份概念,而是对遗传学和生物学概念的借用，它比文化的构成性更为本质，也更加形而上学。就像每个人出生的时候没有办法对自己的母亲作出选择一样，我们与母亲的联系形成于我们与世界联结之前。这样，如同我们无法选择自己的母亲一样，似乎我们也无法选择自己的母语。这种表述有它的合理性，这种语言和身份的联结较之其他联结而言，的确是一种强联结，甚至某种程度上的确不可选择。但我们仍然要注意的是，民族身份的继承性虽然有着很多的生物学基础，但也不可忽视其中的建构性特征。这种建构性并不是继承关系的建构性，我们与母亲的关系是先在的，这一点毋庸置疑，建构性在于民族本身，民族并不是一个完全本质主义的概念。相反，语言要素也参与民族身份的建构之中，在这个语言参与的过程中，难免随着语言的社会变迁发生民族母语的转变，世界上的很多民族都发生过由于人口迁移、政治社会和国家形态变化发生的母语变迁现象。

对于"母语"概念的辩证思考，也影响了我们对非母语的理解。

首先，母语/非母语并不是一个对称的概念，格雷马斯在《结构语义学》中提出的"语义矩阵"（semiotic square）中意义 S 有一个对立面的－S（反 S），它们在语义中是互相定义的关系，同时 S 还有一个矛盾项非 S，非 S 和反 S 意义相近，但并不完全等同，之间具有蕴含关系，再加上非反 S，构成一个完成的语义矩阵。透过语义矩阵我们知道，非母语是母语的矛盾项，但母语并没有一个对立项"反母语"，一种语言也没有它的反面，比如中文并没有对立项即所谓的"反中文"，所以母语和非母语之间并不是严格意义上的对称概念，这给我们理解非母语也带来了难度。

而且非母语较之母语而言，更是一种语言的集合。母语只有一种，但非母语可以超过一种。"双语"的意义并不是限制在两种语言之间，它可以包括两种以上的语言。所谓"双语"也只是一个理论上的概念，指的是对作家使用得比较频繁的两种或多种主要的语言形式。但在实际情况中,一个优秀作家所具有的语言天赋是有个体差异的,有语言天赋的作家往往占有不止两种语言形态。在20世纪初期的中国作家中,鲁迅就习得了日、俄等多种外语,像钱锺书、陈寅恪、季羡林等人掌握的语言数量以十数计,并且能够熟练地使用英、德、法、拉丁等常用西方语言。就中国的语言景观现实而言,本来就存在大量一族多语的情况,一族多语中还分为了"无本民族共同语的一族多语对应"和"有本民族共同语的一族多语对应"两种。其中无本民族共同语的一族多语对应,包括了瑶族使用五种以上的民族语言,怒族使用七种民族语言,裕固族使用三种,景颇族和门巴族各使用两种不同的民族语言。有本民族共同语的一族多语对应,则有乌孜别克族使用四种民族语言,塔塔尔族使用三种,鄂伦春族使用两种民族语言的情况。而回族、满族、畲族、土家族、赫哲族、锡伯族、高山族、仡佬族等都把汉语作为母语,也就是民族共同语,这样就还存在多族一语的情况。即使是一般意义上的双语民族,在中华民族内部,就有鄂温克族、达斡尔族、裕固族、京族、保安族、壮族、撒拉族、布依族、白族、东乡族、纳西族、柯尔克孜族、仫佬族、基诺族等14个少数民族双语人口占民族总人口的50％以上,属于双语普遍型的民族,其他还有29个民族的双语人口也多于15％。总体而言,少数民族的双语人口占总人口比重约为30.46％,双语是中国少数民族语言的普遍形态。

在这些复杂的情况下,去探讨非母语对其母语写作的影响难度可想而知。同时,这种研究也给研究者提出了更高的学术素养和理论要求。即使我们研究当代少数民族作家,占有两种以上民族语言的作家也不在少数,此类研究对少数民族文学研究的研究更在于其中的一种情况,也就是汉语对少数民族作家母语写作的影响的研究上。只有确定了非母语的种类(也就是汉语)研究才能具有方向性和可操作性。

其次,母语可以和民族身份有效联结,母语很大程度上就等同于民族语言。但非母语显然不是这样，它无法和民族身份有效耦合在一起，它是民族身份要素集合中被排除在外的成分。就非母语而言，它显然包含了民族之外的异质性，但这种异质性是什么，我们无法马上知道。非母语的意义就在于，它是其他民族的母语，至于本民族和其他民族之间，有可能是有联系的，也有可能并没有本质联系。我们唯一能确定的就是非母语是民族之外的东西，我们并不能确定非母语到底是什么，因为它本身也是一个集合概念。就像双语的"双"一般意义上指的是两类，但显然它也是一个泛指，同样可以超过两个的数量。非母语也是一样，脱离语境的情况下，它并不直接对应到某一种语言，而是母语的"补集"。就像对于汉族人而言，非母语既可以是英语，也可以是法语、德语、俄语、意大利语等，也可以是藏语、蒙古语、维吾尔语等，或者也可以是所有这些语言的集合。母语具有确定性，但非母语显然并不是这样，它是不确定和游移的。

正是由于母语具有某种确定性，非母语具有动态性和不确定性，所以非母语可以处在一个不断习得、累积和变化的过程中，可以不断丰富或者改变它的范围和内容。一个民族作家的母语就民族身份而言是确定的，当然也会存在母语习得不完全和不充分的情况，就像前文所提到的移民或者迁徙和成长于非母语区域的作家，他们不一定掌握或者完全掌握理论上的母语，或者并非用母语进行写作。比如出生在四川西北部阿坝藏区马尔康县的阿来，虽然母语是藏语，但家乡曾经作为驿站，是一个藏语和汉语两种语言共生的环境，作家也掌握了作为母语的藏语和非母语的汉语两种语言类型，后来也自学过英语等外语，对于阿来来说，母语是确定的，非母语的边界却在不断变化，但他成年之后成为作家，其创作语言只是汉语这一种非母语。阿来曾经将他的创作使命总结为：藏族经验，汉语写作，将藏族语言优秀基因导入汉语及其文化。非母语写作的作家们也通过写作反作用于非母语本身。

对民族作家的非母语来说，作为一种语言的集合，它处于动态之中，它的对象、掌握程度都处于变动之中。我们很难指出民族作家的非母语到底是什么，因为非母语作为集合在理论上涵盖了所有的除去母语的语言，那么非母语就没有理论上的有效性，也没有实践上的可操作性，可当民族作家使用非母语进行写作活动，也就是说只有当非母语得以具体运作的时候，它才具有讨论的价值。单纯讨论民族作家掌握的非母语资源怎样去影响他的写作本身是很难实现的。

由此可见，研究双语写作的重点仍然集中在研究非母语写作现象上，操双语但用母语写作的现象在某种程度上，尤其是在全球化的时代，基本等同于一般的写作本身。也只有作家进行了大量的有确定对象的双语写作实践的时候，进行这种双向的研究才具有意义。

再次，虽然说语言对思维有形塑作用，但是否就只针对母语而言，排除了非母语的作用还是值得商榷的。母语即使排除了它血缘关系的隐喻所造成的本质主义错觉，它至少仍然是一般意义上首先习得的语言形式（当然对于移民来说，情况会更加复杂一些），母语对文化的塑造作用显然要比非母语来得强烈得多，母语也成为民族身份认同的某种象征。母语具有原初性，也就是它被作家首先习得和占有；而多于一种的非母语具有次序性，它对母语的影响先后顺序和大小均有所差别。这也是母语/非母语所衍生出来的特性。"母语"中"母"的义素本身就包含了一种原初性和直接相关性，以及和民族作家的民族身份之间的内在联系，语言本身就是民族的一个要素，一个民族即使没有特有的语言文字，也会具有基本的语言交流形式。母语的"先天性"塑造的语言意识和民族意识，往往在文学创作中体现得更加强烈。

母语是与生俱来的东西，它是诗人的另一种血液，流经肉

体和灵魂的各个角落，直到生命终止。母语之外（当然是指自
己母语定型之后），靠后天努力习来的语言，无论它是欧洲语
种，还是亚洲语种，它都很难与母语匹敌。在我个人的写作经
验中，完成对母语的超越是比较困难的，这种"后天性"的语言
总是存活在自己母语的语言意识之下。①

　　这里所说的母语的价值，并不在于它的生物学隐喻，不在于它
是不是与个体之间有先天的联结，而是在于它作为语言形式的一
种，被个体所习得。母语的意义恰恰是由世界的语言多样性所决
定的，母语和非母语的文化意义不同，在于是母语首先通过语言形
态向个体传达了背后的文化观、世界观与价值观，并由此形成特定
的认知结构。当它被非母语（也就是其他民族的母语）冲击的时
候，并不完全是表面的语言问题，更多可能是背后的思维方式和认
知结构转化带来的问题。甚至在"冲击—回应"模式下，母语产生
应急和保护的机制，用语言来强化自己的民族身份。母语以及背
后的民族文化信息，可以说对民族文化的再生产起着至关重要和
无法替代的作用，隐藏在语言和文化背后的信息编码是民族的历
史遗存，某种程度上决定了该民族在时间上的继承性和稳定性。
正因为如此，语言才被牢固地树立起首要的地位，并在民族知识的
生产与再生产中不断被强调。

　　当然，虽然民族本身对母语要素非常重视，但我们在这里说的
是母语对于民族文化的形塑作用，其实要更辩证地看，它仍然是有
限度的，并不能无限地被夸大。一方面，语言并不是民族的最本质
性要素，也不是民族的根本生成性要素，语言也好，民族也好，都具
有建构性特征，从更长的历史时段看，语言也无法提供一种稳定的
框架，来规范民族，相反会受到民族文化变迁的影响，带来语言的

① 田原：《在远离母语现场的边缘——浅谈母语、日语和双语写作》，《南方文坛》2005
　年第5期。

变化。就文化形态而言,显然语言并不是最初感受到变化并立即作出改变的那个,相反语言具有某种惯性和滞后性。另一方面,语言对文化具有影响作用,但这里的语言并不一定局限在母语上,尤其是在全球化时代,民族交流和语言传播有了更高的要求,那么我们就不能忽视同样作为语言形式的非母语的影响。虽然说非母语显然缺乏本民族特征,也无法通过非母语完成对民族性的强化,但是它可以成为消解民族的力量,作为“他者”作用于民族身上。

　　另外,对于那些成熟的、边界比较明确,特征具有更多客观性,已经“稳定下来的”民族来说,再去强调语言的共性特征,似乎没有太多必要。就像我们没有必要在汉族内部强调必须进行汉语写作,它本来就已经变成了一种潜在的、预设的、不证自明的存在,也不进行自我指涉。正是在这个意义上,强调“母语写作”意义并不大,因为它就是一般意义上的写作,也是绝大多数人的选择。这里强调写作语言的母语性,在一般的写作行为中,实在是多此一举。母语内化成自我的一部分,“这也就说明目前常见到的一种现象:意识到自己是属于该民族共同体的居民超过了把这个共同体的基本语言当作母语的居民”①。母语也丧失了阐释的合理性和有效性,“母语写作”大概只具有认识论上的意义,而不具有方法论上的价值。其实“母语写作”和“非母语写作”都是去探求在两种文化作用下的写作实践,特别注重的是非母语语言和思维对作家的影响,因为很显然,母语对作家思维有着基础性的规范。当然我们这里所说的母语是一种已经习得的母语概念,而不是仅仅民族学或者民族识别上的母语概念,因为同样存在这样一种情况:移民或者迁徙至非母语区域的人从小并没有母语的环境,也没有习得母语,但在民族身份意义上,他仍然具有他的母语,而在实际中,母语是缺席的。

---

① 　[苏联]勃罗姆列伊:《民族与民族学》,李振锡、刘宇端译,内蒙古人民出版社1985年版,第61页。

习得的母语在思维中具有决定意义，在这个意义上去讨论双语持有者的母语写作(它也是广义双语文学的一种)意义不大，因为母语的作用不言自明，习得的非母语只是在语言结构、表达方式等方面对作品产生影响，而不会深入语言乃至思维的基本形态。我们常说的语言欧化就是这种例子，虽然英语或者其他西语对汉语写作造成影响，但它只是改变汉语的句型句式、遣词造句和语言风格，而不会改变汉语的基本形制和表达特色。就非母语的影响而言，较双语写作的其他形式要小得多。所以在某种程度上，"双语文学"研究的重点仍然在非母语写作的研究上，"双语"写作的意义不在母语写作，因为母语写作本就是一种普遍的文学现象。

最后在操作层面上，母语具有易识别性，我们可以根据作家的民族身份判断出作家母语的类型；但非母语由于多样，所以具有偶然性和隐蔽性。民族作家的母语我们很容易去识别，但对非母语而言，它和作家的经历、学习能力、语言天赋等密切相关。除非民族作家进行了某种非母语(唯一性)的写作实践，否则光从作家的母语作品中找出各种(多样性)非母语的影响的影子很难办到。特别是在全球化时代，民族交流融合普遍存在的情况下，找出母语写作中的异语要素轻而易举，但真正去进行影响研究又难上加难，并且往往流于表层和普泛化。有且只有当民族作家主要运用两种或两种以上语言进行大量而明确的文本实践，去讨论作家母语写作怎样受到作家掌握的另一种或几种语言的影响时，才是行之有效的做法。但这只能针对个案而言，要从理论上高屋建瓴地进行现象总体研究则困难重重了。

第三节　非母语写作：作为一种文学事实

"母语"与"非母语"与"双语写作"不同，它们不纯然是价值中立的术语。母语/非母语只有在某种共同体的语境下,才显示出它的合理性与合法性。因为很显然,"母语"的生物学隐喻中的"母亲"意象,和某种共同体的身份是吻合的。而"双语"更像是一个语言学术语,强调客观科学地描述对象特征,即使是术语和民族概念相结合,比如说"双语民族",即使用两种或多种语言的民族,也只是在语言学内部去描述民族的语言状况。

与"民族文学"相遇的时候,"母语"/"非母语"更容易去表述这一类特殊的文学样式,同时凸显文学中的民族性特征。"双语民族文学"更多描述民族文学中的语言运用情况,而且由于文学语言的排异性,除少量的外来语、借用语和洋泾浜语言之外,特定文学本身很难用多种语言同时书写,"双语民族文学"或多或少在语义上有些矛盾之处。但并不是说"民族文学"中不存在双语的现象,只是就某部作品而言,很难使用多种语言同步书写。

朝戈金教授曾经指出,民族文学中的所谓"双语",就是指一语言集团的成员使用两种或两种以上的语言。由此而来的所谓"双语作家",就是指那些用两种或两种以上语言写作的人。这显然是一个狭义的定义,所以朝戈金教授补充道:双语文学的研究从广义上和研究实践上,还应该包括这样一些人,"操两种语言,但用一种文字写作。具体说,就是操双语但用母语写作的一类,和也是操双语但用非母语写作的一类"①。所以在操作意义上,"双语写作"中"非母语写作"才应该是我们的研究对象。

"非母语写作"现象从来都不是一时一地的特殊文学现象,而是跨越时间和空间范围的普遍性文学形式。西方在民族方言分化前,就存在大量用非本民族语言写作的例子,而在民族方言分化后,民族方言口语纷纷上升为书写语言,则强化了非母语写作的现象。至于到现代社会形成之后,全球化流动加剧了非母语写作的

---

① 朝戈金:《中国双语文学:现状与前景的理论思考》,《民族文学研究》1991 年第 1 期。

必要性，现代文学中约瑟夫·康拉德、弗拉基米尔·纳博科夫、米兰·昆德拉、塞缪尔·贝克特、亚历山大·索尔仁尼琴等都用非母语进行创作，而且由此产生了大量经典作品。

在中国社会也是一样。作为多元一体的多民族国家，自古以来，中国的文学生产就不是一个单向度的过程，中间包含了各个民族之间的交流、碰撞、竞争与合作，因而文学在其中呈现多元的特点，各个民族实际上都参与了中国整体文学的形塑过程。而中国文学也是一个中心不断游移的对象，文学边缘和中心产生复杂的互动关系，包括文类、题材、语言、内容、思维等都发生了双向的位移，从而最终形成了一个互相包容的集合体。

中国文学从来不是一个单数的概念，而是一个复数形态。当然这种复数是多元性的，既可以是不同地域的复数集合，也可以是不同语言的复数集合，当然还可以是不同民族的复数集合。但因为民族某种程度上是一个包含语言和地域因素的上位概念，所以民族在中国文学中起到了更为关键的作用。

虽然中国的中原文明、草原文明、高原文明、海洋文明都处于频繁的互动中，但中国社会形成的"超稳定结构"，还是以中原的文化、政治、经济制度为支柱，而以汉族为代表的中原王朝政权，就民族形态而言，又不自我指涉，所以中国以往文学史的书写，或者整体淡化民族特征和要素，或以中原汉族或汉语文学为主，这样其实忽视了中国文学的多元性和多源性。所以有更多学者主张一种"中华多民族文学史观"，让一直以来潜在的书写主体成为文学史对象，只有这样，以民族的路径重新进入文学史现场，重建中国文学的话语系统，才能找到中国文学中一直存在的少数民族文学和"非母语写作"形态。

中国自古以来就存在很多非母语写作的现象。尤其是和多民族身份相结合，存在很多少数民族作家用汉语写作的情况。这些人在中国少数民族作家中，不仅数量多，而且代表一个类型。

从开始，毗邻中原的诸族历史上大都出现过大量的汉语作家。例如内徙入塞的鲜卑、氐、稽胡等族，多识汉语。《三国志·乌桓鲜卑东夷传》注引《魏略·西戎传》称氐族"多识中国语"。在北魏北魏孝文帝迁都洛阳以后，也曾明令三十岁以下的鲜卑人必须改用汉语，否则"当降爵黜官"（《魏书·咸阳王禧传》）。民族融合一直就是中华民族自在实体形成过程中不可逆转的大趋势，特别到了元代，民族融合的深度和广度空前地提高，虽然统治者将蒙古语作为官方语言，但在民族融合过程中，定居中原的蒙古人和色目人用汉语这种非母语形式已积极融入当地的社会，包括蒙古族，以及畏兀、唐兀（河西）、西夏、康里、撒里、大食、钦察、回回、拂林、葛逻禄、乃蛮、阿鲁浑、克烈、塔塔儿、雍古、天竺等数十个民族的人士都进行非母语写作，也就是汉语写作。

究其根源，中国儒家所讲的"夷""夏"之别，更多地强调一种文化本位，而不是民族或种族意义，所以元代"用夏变夷"，其实是文化融合带动的民族融合。中原儒家文化在元代社会中具有延续性，还和元代其他族群产生了双向濡化作用，因而元代成为中国历史上典型的多元文化社会。

在元代社会中，虽然划分了蒙古、色目、汉人、南人四个法定族群，但这种区分是一种与社会资源分配相关的"族群歧视"，虽然很长时间段中，这种"族群歧视"带来的就是社会阶层流动性的丧失，正所谓"淡文章不到紫薇郎，小根脚难登白玉堂"，但它并不是族群"隔离"政策，社会仍然保持着横向空间的流动性。由于元朝实现了南北的统合，中原文化、草原文化甚至高原文化都被统摄到国家整体中，社会间流动更加频繁，"南人求名赴北都，北人循利多南迁"（萨都剌），由于国家的超大规模性，元代君主忽必烈等又以"普世帝王"自居，政治统治和文化政策必须实现多元化，才能处理更复杂的社会情况。

在这种环境中，多元文化必然产生碰撞与交融。一方面移居中原的蒙古人和色目人把本民族文化带入中原，从语言、风俗、科技等方面改造了中原文化，不少汉族人士研习蒙古语，采用蒙古名，着蒙古服饰，积极向统治族群靠拢，中原文化增加了蒙古、色目要素。另一方面，蒙古、色目人或者说草原文化和西域文化的影响更多体现在民间，统治意识形态背后的底色仍然是蒙古旧制。但从忽必烈开始大规模在中原恢复汉制，中原文化基本上完整保存下来，而且从耶律楚材开始，各代儒生均秉持着"衣冠异域真余志，礼乐中原乃我荣"的志向，力主在中原推行汉法，加上元代中期恢复科举，儒家文化的复兴，使得蒙古、色目人中形成了一个"士人化"(literatization)的群体，这种"士人化"是"接受汉族士人文化，却未必放弃其本族说的族群认同，甚至选择性地保留其原有文化"①。这个群体在政治身份和文化认同上存在错位，但正是这种错位，使得元代士人被多元文化作用，这也体现在新士人阶层的创作上。

元代诗人，尤其是蒙古、色目诗人，是"士人化"群体最重要的代表。他们往往具有一种二元的身份，被大传统(great tradition)和小传统(little tradition)所共同作用，而且由于政治身份和文化身份的错位，精英化的大传统其实是中原文化所决定的，蒙古、色目诗人经历了一个从族群小传统到跨族群大传统的过程，也就是精英化或"士人化"的过程。

在这个过程中，"士人化"的蒙古、色目诗人，会采取一种特殊的写作方式，那便是非母语写作，也就是用非本民族的汉语进行诗歌创作。据目前统计元代有蒙古、色目的非母语写作的诗人两百人左右，占元代所有汉语诗人的二十分之一，仅就《全元诗》论，元

---

① 萧启庆：《元代的族群文化与科举》，联经出版事业股份有限公司 2008 年版，第58 页。

代有作品传世的双语诗人就有 202 人,存诗 5 800 首以上①。元代
文人戴良曾对这一现象的成因有专门的描述:"我元受命,亦由西
北而兴。而西北诸国,如克烈、乃蛮、也里可温、回回、西番、天竺之
属,往往率先臣顺,奉职称藩,其沐浴休光,沾被宠泽,与京国内臣
无少异。积之既久,文轨日同,而子若孙,遂皆舍弓马,而事诗
书。"②因为非母语写作并不是常见的文学现象,按照比例来说,元
代蒙古、色目非母语写作诗人的规模还是比较大的,足见当时文化
交流的程度之深。

对于这类特殊的双语写作现象,基本的动力就是一种"统一社
会政治机体中文化的趋同性",在大一统的国家中,"许许多多分散
孤立存在的民族单位,经过接触、混杂、联结和融合,同时也有分裂
和消亡,形成一个你来我去、我来你去,我中有你、你中有我,而又
各具个性的多元统一体"。这种多元统一体在元代文化制度上体
现为"多语兼用""诸教并崇""各从本俗"等,而正是由于多语社会
的存在,跨文化和跨语言的交流十分普遍。

中国文学中的非母语写作,包括少数民族作家用汉语进行非
母语写作,汉族作家用少数民族语言进行创作,少数民族作家之间
的影响也时刻发生着。比如元以后蒙古族黄教盛行,蒙古僧俗各
界人士以精通梵文藏文为荣耀。那时便出现了相当数量的用藏文
写作的蒙古族作家。再如蒙古和女真,"由于蒙古与女真地域毗
连,关系密切,许多女真人不仅习蒙古语,而且连书文往来也用蒙
古字译写。后来,他们虽在蒙古文字的基础上创造了满文,但相当
长的一段时期内,女真地区仍并行使用蒙、满两种文字"③。

① 杨镰:《元代江浙双语文学家族研究》,《江苏大学学报(社会科学版)》2009 年第
3 期。
② 戴良:《九灵山房集》卷二一,转引自白寿彝主编《回族人物志》(明代卷),宁夏人民
出版社 1996 年版,第 417 页。
③ 《中国北方民族关系史》编写组:《中国北方民族关系史》,中国社会科学出版社
1987 年版,第 335 页。

而在现代中国文学史上，民族作家的母语写作和非母语写作都取得了长足的进步，这显然和今天多元一体的民族国家格局有关系，在多民族国家中，一方面是本民族语言和文化的保存与发展，另一方面是各民族之间的平等交流与交往，有效的双向互动使得母语写作和非母语写作两种写作形式都得以迅速发展。

在母语写作方面，新中国建立后，为少数民族母语创作开辟了众多的阵地，比如蒙古语的《内蒙古文艺》（1950，后改为《花的原野》）、维吾尔语的《塔里木》（1951）、朝鲜语的《延边文学》（1951）、哈萨克语的《曙光》（1953）等少数民族语言文字的文学期刊，《内蒙古日报》《西藏日报》《新疆日报》《东北朝鲜人民报》等报纸的少数民族语言文字版也开辟了"文艺副刊"。一大批母语写作的民族作家也开始涌现，像纳·赛音朝克图、巴·布林贝赫、阿·敖德斯尔、恰白·次旦平措、朗顿·班觉、铁依甫江·艾里耶夫、克里木·霍加、库尔班阿里·吾斯潘诺夫、乌玛尔哈孜·艾坦、郝斯力汗、巩盖·木哈江、热合买托拉·艾甫西、金哲、金学铁、李根全、林元春、吴琪拉达、康朗甩等，成为多民族文学史中重要的民族作家，他们的母语写作作品得到了广大民族读者的喜爱。新时期之后，少数民族的母语写作更加繁荣，据统计，包括新疆维吾尔、哈萨克、柯尔克孜、塔吉克等少数民族 98％左右的作家，东北 95％左右的朝鲜族作家，内蒙古、青海、甘肃、西藏等地的蒙古文、藏文作家，还有彝、壮、景颇、哈尼、傣等民族中的一些创作者都在持续进行着母语写作，并生产了一批有影响有高度的母语作品。①

仅以蒙古族作家的母语创作的长篇小说为例，至今已经出版了近三百部的母语长篇小说作品，出现了阿·敖德斯尔、阿云嘎、格日勒朝克图、力格登、莫·阿斯尔、布和德力格尔、莫·哈斯巴根、布林特古斯、格日勒图、巴图孟和、博·照日格图、斯·巴特尔、

---

① 参考李晓峰：《新中国 70 年少数民族文学：在全面发展中走向辉煌》，《文艺报》2019 年 9 月 6 日。

白金声等优秀的母语作家群,出现了《辽阔的杭盖》《札萨克盆地》等经典的母语文学作品。

同时在民族作家的非母语创作中,《民族文学》《草原》《天山》《边疆文艺》《山花》《四川文学》《广西文学》《青海湖》《宁夏文学》等刊物也成为非母语创作的孵化基地,老舍、沈从文、萧乾等老一辈的民族作家持续创作,还出现了李乔、陆地、玛拉沁夫、李凖、李陀、艾克拜尔·米吉提、孙建忠、多杰才旦、霍达、普飞、伍略、韦一凡、益西卓玛、蔡测海、石定、蓝怀昌、扎西达娃、张承志、乌热尔图、关庚寅、张长、叶广岑、莫义明、董秀英、鬼子、阿来等一大批新的非母语写作的民族作家,他们的非母语作品取得了巨大的成就,甚至获得了国际声誉。

在丰富的母语写作和非母语写作现象中,我们既要关注到取得的丰硕成就,也要注意到两者之间的平衡关系、互动状态以及影响力范围。就整体而言,民族作家的非母语写作成就要高于母语写作,作品在数量和质量方面,两者之间也有差别。仅以全国少数民族文学创作"骏马奖"为例,"从获奖作品使用汉语和少数民族母语情况来看,少数民族作家采用汉语创作约占 70％,采用少数民族母语创作约占 30％"①。可见在中国多民族国家的民族作家的写作中,非母语写作现象还是相当普遍的。

就中国语境中少数民族作家的非母语写作情况而言,原因是比较多方面的,当代文学中的非母语写作也是多元一体的民族国家属性在文学中的体现。另外中华民族的语言情况较为复杂,语言的状况某种程度上决定完全、普遍和充分的少数民族母语写作是一项较为艰难的任务,之所以谓之艰难,并不是主观创作的限制,而是客观历史的限制。因为写作的基础是文字,文字创作与口传文学有很大的差别,而且语言和文字也不是一一对应的关系,所

① 翟洋洋:《"骏马奖"评奖标准的历史演变:分析与启示》,《民族文学研究》2018 年第 1 期。

以在民族的口传文学和书面文学之间必然存在鸿沟，存在复杂性生长的缝隙。

母语写作显然是一种书面文学，它要求一种本民族的书面文字的存在。但中国 56 个民族中语言和文字由于受历史影响，情况是比较复杂的。经过几次的语言调查，除回族在历史中已经基本使用汉语之外，其他 55 个民族都有自己的语言。但各民族语言内部比较复杂，在谱系学中涉及汉藏语系、印欧语系、南岛语系、阿尔泰语系、南亚语系等不同语系，还存在同一语支下的不同语种，像瑶族使用勉语、布努语或拉珈语；裕固族使用东部裕固语或西部裕固语；门巴族使用门巴语或仓拉语；景颇族使用景颇语或载瓦语；怒族使用怒苏语、阿侬语或柔若语；更有甚者像高山族，在民族的不同支系中，分别使用泰耶尔语、赛德语、邹语、沙阿鲁阿语、卡那卡那布语、排湾语、阿眉斯语、布农语、鲁凯语、卑南语、邵语、萨斯特语、耶眉语等 13 种语言，在语种内部还有不同方言，像汉藏语系藏缅语族彝语支的彝语，就区分了北部、东部、南部、东南部、西部、中部 6 种方言，其中还包括了 5 种次方言，像东部方言又分滇黔次方言、滇东北次方言和盘县次方言；北部方言又分北部次方言和南部次方言。民族内部的语言构成非常复杂。光民族语言的数量大约就在 80 种以上。

而民族文字的情况也不遑多让，除了历史中存在过但已经完成生命周期的语言，像突厥文、回鹘文、东巴象形文字、满文、察合台文、八思巴字、于阗文，西夏文、东马图画文字、水书等文字，在 1949 年新中国成立前，只有汉、朝鲜、藏、蒙古、维吾尔、哈萨克、柯尔克孜、傣、彝、俄罗斯、苗、纳西、水、拉祜、景颇、锡伯等民族拥有或使用本民族文字。新中国成立后，随着国家少数民族语言文字事业的开展，为了促进少数民族的文化教育事业，先后对傣、彝、景颇、拉祜等民族文字行了改革，同时设计了蒙古文、藏文、维吾尔文、壮文、哈萨克文、锡伯文、傣文、乌孜别克文、柯尔克孜文、塔塔尔文、俄罗斯文、彝文、纳西文、苗文、景颇文、傈僳文、拉祜文、佤文等少数民族文字方案,推动了少数民族文字的发展。

任何地区的语言文字都会被语言自身的演变规律和人类交流发展趋向所影响,而在复杂中形成某种统一性。就我国而言,在56个民族中,存在民族语言近80种,现行民族文字近40种,这便是如今我国民族语言和文字的现状,也是世界范围内民族语言和文字的典型样本,很显然民族、语言和文字三者之间并非一一对应的关系。

这种错位造成了母语写作的难度,加之交流和传播的需求,非母语写作便成为中国作为多民族国家中较为普遍,也是自然的文学现象。母语写作和非母语写作一样,都是典型的文学事实,古往今来各民族都在进行着母语写作和非母语写作,这种现象还将持续下去。

当然我们针对非母语写作的出现、流传和影响,也可以更具体地分析其成因。

对于中国传统社会中,非母语写作大量出现的原因,曾有学者指出一是由于"统一社会政治机体中文化的趋同性",也就是通过国家(并不是现代意义上的民族国家,而更多地是一种传统社会中文化主义的"天下""帝国"概念)内部的文化整合体系,即在政治社会上,"许许多多分散孤立存在的民族单位,经过接触、混杂、联结和融合,同时也有分裂和消亡,形成一个你来我去、我来你去,我中有你、你中有我,而又各具个性的多元统一体"①。且在文化上表现出同质化:"文化在时间空间上的传播,是由非遗传机制引来的,所以,文化进化的倾向,就一如既往地表现为差异的不断缩小,同质化演进不断增强。"②

---

① 费孝通等:《中华民族多元一体格局》,中央民族学院出版社1989年版,第1页。
② 朝戈金:《中国双语文学:现状与前景的理论思考》,《民族文学研究》1991年第1期。

　　而这种趋同性首先便是语言上的趋同，于是便产生某种非母语的写作。同时文化趋同性的另一个重要表现便是审美趣味的趋同性，"它体现在创作中，就是作品主题、题材、体裁、样式、风格等诸多方面的同质化和相似化"①。

　　语言和文化的趋同性一般是一致的，因为语言本就是文化的表征。但我们也要客观看待这种趋同性，就一般意义上的文学而言，文学的趋同并不是什么异常的事情，尤其是在文学的全球化时代——趋同和存异并存——都是必然的结果。趋同性正是"人类灵魂的整体性"的必然表现，也就是"在相互分离的平行发展的不同文化传统中，这种对同类环境同类适应的现象，在文化中也比在生物现象中更为普遍，这来自更为内在的原因——人类在发生上的同一性和整体性"②。在全球化时代，整体化的文学重新被提出，离歌德提出的"世界文学"概念已经有两百余年的时间，但现在比当时的环境更加复杂。阿尔君·阿帕杜莱（Arjun Appadurai）就曾提醒我们，全球化并不是简单的同质化，在全球文化和经济的断裂中，往往也正是异质性存在之所。"全球互动的中心问题是文化同质化与文化异质化之间的紧张关系。"③所以在趋同性的同时，由于地方性知识和地方性文化的影响，区域化的国别和民族文学成为更深层次上的问题，它甚至比文化的全球化更具有价值，因为"世界文学"并不是以牺牲民族特性为代价的，恰恰相反，它是通过强调各民族的差异性和特殊性，在一种"多元共生"的语境下实现的。"世界文学的含义是积极地介入和贯穿每一个民族语境"，是"不同的民族环境或民族文化之间接触和交流的媒介"。④ "民

---

① 朝戈金：《中国双语文学：现状与前景的理论思考》，《民族文学研究》1991 年第 1 期。
② 朝戈金：《中国双语文学：现状与前景的理论思考》，《民族文学研究》1991 年第 1 期。
③ ［美］阿尔君·阿帕杜莱：《全球文化经济中的断裂与差异》，陈燕谷译，载汪晖、陈燕谷编《文化与公共性》，生活·读书·新知三联书店 1998 年版，第 527 页。
④ ［美］詹明信：《晚期资本主义的文化逻辑》，张旭东编，陈清侨等译，生活·读书·新知三联书店 1997 年版，第 47—48 页。

族文学"就成为应对文学全球化的策略，或者换句话说，"民族文学"本身就是文学全球化的一部分。

即便如此，在全球化过程中，存异和趋同两条线总是共存不悖的，趋同的想法自然带来语言和文化的转换，非母语写作就是最典型的形式。而存异的诉求并不等于语言和写作形式的保守性，相反，存异最大的公约数就是相互了解和尊重，而互相了解就涉及文化的跨语言传播，似乎采用非母语进行写作也是必然的路径，只是一个是被动的选择，一个是主动而为之。

对于第二种情况，其实往往也是最现实的考虑。比如在中华民族内部，各民族的平等是毋庸置疑的，但各民族在人口数量、地理位置、现代化程度等方面的不平衡也是客观事实，尤其是人口数量上，少数民族还分为人口较多的少数民族和人口较少的少数民族，但各种民族文化都平等享有宣传推广和让更多人了解本民族文化的诉求和愿望，那么各民族想要获得更多的"阅读人口"，想要更好地实现文本的阅读行为，目光必然会投向人口众多的民族。这背后并不是一种人数上的霸权，人口并不能天然构成霸权，这在历史上已经反复被证明，但人口多能形成一种势能，当它和人类天然的表达和宣传的诉求相结合时，很显然会在文本语言选择上向人口较多的共同体倾斜，以实现文本的最大效应和价值。这是许多"民族作家虽然精通本民族文字，却要用汉文创作"的重要原因。扩展作品的阅读生命是民族作家追求的一个目标，汉族由于人口的绝对数量，加上中华民族内部天然的文化联结，使得少数民族作家相较于西方读者，更看重汉语读者的亲近性和易理解性，这也是首选汉语而不是其他语言作为非母语写作的意义所在。

最后，采用非母语写作的原因还包括了对语言转换过程的不信任。作品的推广，有时面临着语言转换也就是翻译的问题，对于很多作者而言，与其把自己作品交给一个陌生的翻译者，还不如自己翻译避免这个过程中大量的误译和误读。文化间的翻译的确是一件很复杂的事情，但它又是某种程度上的必然。全球化时代中，为了保证跨文化行为的有效性，首先就要解决语言问题，具体来说就是语言的转换问题，显然高效的形式并不是互相转换，或者转换成第三种语言形态，在双方意愿一致的情况下，进行单向翻译其实是最高效的方式。所以往往要进行一种语言上的翻译来实现有效沟通，尤其是让"易于为占据中心地位的评论园地和有关部门了解"，这在中国的诺贝尔文学奖获奖情况中就有明显的体现。除诺贝尔文学奖可能存在的政治因素之外，阻碍中国世界水平的作家获奖的一个重要原因就是，中国作家作品外译的并不多，外译到诺贝尔奖的工作语言也就是瑞典语的作品更加寥寥可数，而且翻译水平也是个未知数，这样就造成了西方的评论界其实对中国作家和中国现代文学非常不了解，那么结果也就可想而知了。类似情况其实普遍存在，比如景颇族作者岳丁曾用景颇文发表了《谁的过错》，并未引起人们的注意，后由他本人译为汉文后，便在全国第一届少数民族文学评奖中获奖。语言传播范围的这种放大作用，在20世纪五六十年代少数民族文学发展过程中，体现得格外充分。在世界范围内，相似的例子不胜枚举，人数较少民族的文学其本民族受众范围和影响力有限，如果首先能被人口较多的民族所承认，再反馈到本民族，作品的地位将会大大提高。比如英国诗人、翻译家爱德华·菲茨杰拉德翻译的欧玛尔·海亚姆《鲁拜集》极大提高了这位波斯诗人在其本国的地位；在苏联、东欧及中国《牛虻》译本的广泛传播才使得英国去重新认识伏尼契；福克纳的作品被译成法语、广受法语读者称赞后才在美国引起轰动的。很多作品"原作可能被人们忽视了，或者没有得到应有的评价，通过翻译可以显示出它的价值"[1]，这种"墙内开花墙外香"的文学传播现象是屡见不鲜的。类似地，少数民族作家直接采用人口较多的民族语言，在中

---

[1] ［英］乔治·斯坦纳：《通天塔——文学翻译理论研究》，庄绎传译，中国对外翻译出版公司1987年版，第115页。

华民族语境里,就是进行汉语写作则直接省略了翻译的过程,避免
了翻译的风险,是更加稳妥的文学传播办法。就像藏族作家次仁
罗布就曾说:"我是个学藏文的,后来改用汉语来写作,这种语言转
换过程是艰难而漫长的。为何要用汉语创作? 我的初衷就是,为
了让更多的人了解真实的藏族,了解真正的藏文化,了解藏族人的
心灵,我必须要用适用范围最广的汉语。这样节省了翻译的
过程。"①

　　另外就中国而言,现代化在文学中的起点就是汉语的现代化,
这在五四新文化运动中已经被证明,不论是失败的汉字拉丁化方
案,还是影响甚广的白话文运动,其实都是汉语现代化的尝试。汉
语借用了大量的日文词汇,首先实现了现代化,就是由于日本早于
中国进行了现代化转型,所以这种先发优势造成了语言的某种高
势能。在中国语境中,汉语相当于现代化初期的日文的地位,很多
人是通过汉语来接触新的文学和文化观念的,那么汉语自然也深
刻影响到了写作过程:"就是相当数量的双语作家,是通过汉语文
开始接触文学作品,并最终走上文学道路的。这种文学启蒙,连带
着语言—思维的内在影响,都易引导作家用汉语表达的思维定式
的形成。"②

---

① 　刚杰·索木东、次仁罗布:《鲁迅文学奖,创作之路上新的起点——著名藏族作家
　　次仁罗布访谈》,藏人文化网,https://www.tibetcul.com/wx/zhuanti/zf/26988.
　　html。
② 　朝戈金:《中国双语文学:现状与前景的理论思考》,《民族文学研究》1991 年第 1 期。

第一章　作为理论资源的文化翻译

上文提到,非母语写作是一种文化传播的策略,也是一种文化互动的方案。不论是文化间的传播还是互动、影响,其实都涉及两种或者两种以上文化类型,它们之间的交流转换,都涉及某种广义上的"翻译",那么一种翻译视角的介入,就成为非母语写作研究必要的理论来源。

第一节　文化翻译:翻译与文化的双向互动

首先是民族的文化系统。随着文化研究的发展,人们对于"文化"本身的认知也更加多元和深入,学术界对"文化"概念本身也进行了重新定义。"文化"在新的语境下,被认为是一种"社会遗传"形式,并且通过濡化(enculturation)作用完成代际的传递。文化是不是一种生物遗传形式,对此学者还有疑问。有学者提出"文化模因"的概念,但它显然要满足生物性的需要,文化的特殊性产生根源就在于对生物性需要满足方式的不同,而不是这种需要本身。①

---

① 〔美〕威廉·A. 哈维兰:《文化人类学》,瞿铁鹏、张钰译,上海社会科学院出版社2005年版,第43页。

　　强调文化的交流传播功能,使得两种或多种文化间的转换、移置、变通变得更加重要。这种转换本质上就是一种翻译行为,由此文化和翻译两个领域在此处相遇了。在学术史中,文化与翻译的结合有两种不同的路径:一种是文化研究中的翻译转向,另一种是翻译研究中的文化转向。"文化研究和翻译研究在一刻相遇,最终形成一种具有创造性的方法。"①其实文化研究与翻译研究本身也具有内在的相似性,包括它们"都置疑传统批评内部对'高'和'低'文化的区分;都对文学经典的概念提出挑战;都主张文化研究的扩大化,包括在特定语境中文学功能的研究"②。尤其是文化研究中的"翻译转向",肇始于 20 世纪六七十年代,在现象学、解释学、后现代主义思潮融入人类学的经验研究方法之后,人类学开始了自身学科的反思。人类学家对自身的研究活动背后的政治经济的动因和后果,以及研究对象的非本质化有了更为深刻的认识,他们意识到"文化"学科本身就是殖民主义、帝国主义和欧洲中心主义多重作用下的产物。

　　在反思人类学兴起的时候,有学者就反对以往对文化的本质主义理解,提出文化的建构性特征,并且在此基础上提出三个有待解决的命题:一是从文化的角度看,出现了一种世界性的历史转变;二是认为对异文化生活方式的客观解释的建构,已经变得不大可能了;三是有责任倡导文化的差异,为反抗西方化辩护。③ 这样,"文化"重新占据了研究的视野,并以"社会"取而代之。"文化"被认为是语言建构的产物,那么所谓文化的间性不过就是语言的间性,反之同样成立。

---

① Susan Bassnett. *The Translation Turn in Culture Studies*. In: *Constructing Cultures*. Multilingual Matters Ltd., 1998, p125.
② Susan Bassnett. *The Translation Turn in Culture Studies*. In: *Constructing Cultures*. Multilingual Matters Ltd., 1998, p126.
③ [美] 卢克·拉斯特:《人类学的邀请》,王媛、徐默译,北京大学出版社 2008 年版,第 119 页。

　　在反思人类学中突出的实验民族志（experimental ethnography）写作中，突出研究的三个取向：首先是把人类学者和他们的田野经历作为民族志实验的焦点和阐述中心；其次是对文本有意识地组织；最后就是把研究者当作文化的"翻译者"。通过对文本有意识地组织，进而将文化加以"文本化"，甚至"文学化"，"文本化"的文化就进入传统字面翻译的领域之中，更进一步，在"文化"中考察"翻译"和在"翻译"中考察"文化"就成为研究发展的题中应有之义。其实在人类学研究的中后期，就有学者直接指出人类学的任务本来就是翻译（如林哈特），并认为民族志意义上的"翻译"跟"转化""教化"是同义的，与改变、交流、传播的意义相仿。埃文斯·普里查德（Evans Pritchard）就宣称民族志的中心任务就是"文化翻译"。对于民族志中的翻译问题，本质上是"使原本久存在于异邦语言中，具有一致性的原始思维可以用我们自己语言中的思维的一致性清楚地再现出来"①，它包含了语言以及背后更深层次的文化问题，必须"在将一种异域话语翻译成民族文本之前，必须试着对'当地语言'处理世界，传递信息和组成经验等方式进行重构"②，进而考察其中的文化成分，它"不只是抽象层面匹配句子的问题，而且是学习过另一种形式的生活，并说另一种语言"③。德佳斯威尼·尼朗贾纳（Tejaswini Niranjana）则说得更为直接："人类学家为自己制定的任务就是文化之间的翻译，即把一种文化翻译成另一种文化能够理解的术语。"④人类学或者文化研究意义上

① Godfrey Lienhardt. *Modes of Thought. The Institutions of Primitive Society.* Oxford：Basil Blackwell，1954，p97.
② ［英］塔拉勒·阿萨德：《英国社会人类学中的文化翻译问题》，见詹姆斯·克利福德、乔治·E. 马库斯编《写文化》，高丙中、吴晓黎、李霞译，商务印书馆 2006 年版，第188 页。
③ ［英］塔拉勒·阿萨德：《英国社会人类学中的文化翻译问题》，谢元媛译，见詹姆斯·克利福德、乔治·E. 马库斯编《写文化》，高丙中、吴晓黎、李霞译，商务印书馆 2006 年版，第 190 页。
④ ［美］德佳斯威尼·尼朗佳纳：《表述文本和文化：翻译研究和人类学》，见张京媛主编《后殖民理论与文化批评》，北京大学出版社 1999 年版，第 281 页。

的"翻译",显然并不单单是语言层面的翻译,人类学家们处理的是文化文本,这种文化文本又具有很强的建构特征,尤其是在民族志中的"翻译","根本性质和最终目的是文化之间的互动和交流,这是两者能够相互阐发的基础"①。

另一个需要被重视的理论来源是克利福德·格尔兹提出的"译释观"(translation),所谓的"译释"并不是简单地把别人认识事物的方式用我们自己的方式重新安置一下,而是用他们本身方法的逻辑去展示,再用我们的方式表达出来。本质上这种行为,除去对转换背后的思维模式进行描述之外,就是一种 translation,也就是"翻译"的行为。

而之前的民族志诗学的学者们往往又具有作家/学者的双重身份,他们从具体的文学翻译实践出发,试图"从美洲本土文化中呈展出一种新的诗歌叙事,并格外看重存在于大量搜集的文本和声音录音中的形式和表达方面的因素"②。但在具体的实践中,比如北美印第安人口头传统的迻录和翻译过程中,他们发现对口头传统的文本化结果大多显得并不理想和恰当,被书写的文字总是无法捕捉到口头表演时的诸多特征,就类似于本雅明(Walter Benjamin)所说的那种作品"即时即地"产生的"光晕"(aura)③。

民族志诗学领域中,像丹尼斯·泰德洛克(Dennis Tedlock)、大卫·安汀(David Antin)、纳撒尼尔·唐(Nathaniel Tarn)、哲罗姆·罗森博格(Jerome Rothenberg)、斯坦立·达尔蒙德(Stanley Diamond)、戴尔·海默斯(Dell Hymes)、加里·斯尼德(Gary Snyder)等人,这些研究者对口头传统进行文本转录和翻译。他们的目的是通过文本的操作,来实现口头传统的迻译,在这个过程中

①　段峰、刘汇明:《民族志与翻译:翻译研究的人类学视野》,《四川师范大学学报》2006 年第 1 期。
②　[美]托马斯·杜波依斯:《民族志诗学》,《民族文学研究》2000 年增刊。
③　[德]本雅明:《机械复制时代的艺术作品》,王才勇译,中国城市出版社 2002 年版,第 87 页。

要尽量少地避免口头特征的损耗，去保证某种"原真性"。他们"不仅仅是为了分析和阐释口头文本，而且也在于使它们能够经由文字的转写和翻译之后仍然能直接展示和把握口头表演的艺术性，即在书面写定的口头文本中完整地再现文本所具有的表演特性"①。据此可见，他们的理论主张和"表演理论"（performance theory）以及"口头程式诗学"（oral formulaic theory）有着学理上的关联性。

因为从口头到文本的非对称性，他们对这种翻译行为进行反思，得出的结论便是：以往的做法是将"翻译"纳入文化的语境之中，采用了某种类似于"归化"（domestication）的翻译策略，将美洲土著居民的诗歌迻译成了西方的诗歌风格，有时置换成西方诗歌的韵律或西方读者熟悉的隐喻，而不是用口头诗歌的原有语言来呈现，因此造成了在书面文字迻译口头传统时，众多语境性要素的丢失和损耗。所以他们通过附加的翻译策略，比如添加情感符号等去改造文本，增加文本的完整性。当然他们对翻译的反思还远不止于此，还在于他们力图纠正欧洲中心主义与书写传统对非西方的、口头的传统所存在的固有偏见。他们提出两个"反对"：一是反对用作家文学的理念看待口头传统，二是反对用西方标准来评价其他非西方的语言艺术②。所以一方面他们对将美洲本土叙事置于西方的散文/韵文二分法中的散文领域提出质疑，继而消解掉散文/韵文的文学概念区分本身。另一方面他们又主张抛弃用西方的文学标准来衡量非西方的作品，认为这样只能将"诗歌"改造成一种"非诗"，因为这里的"诗歌"概念本身就是西方的。他们已经秉持一种文化相对主义立场，并坚持地方性知识地位，这种研究正是将翻译的现代原则和文化理解的现代原则初步地统一起

① 杨利慧：《民族志诗学的理论与实践》，《北京师范大学学报》2004 年第 6 期。
② 杨利慧、安德明：《美国当代民俗学的主要理论和方法》，见周星主编《民俗学的历史、理论与方法》"下编"，商务印书馆 2006 年版，第 610 页。

来。所谓的文化研究中的"翻译转向"在其中可见一斑。

苏珊·巴斯奈特(Susan Bassnett)在《文化研究中的翻译转向》(*The Translation Turn in Cultural Studies*)中曾指出：

> 总而言之,文化研究业已突破了英语的起步阶段,而向着日益加强的国际化方向发展,并且对所谓的"跨文化分析"提供了一种比较的维度。翻译研究也摆脱了文化人类学的概念(尽管只是模糊的视野)并走向一种多元的文化概念。就方法论而言,文化研究已经抛弃了与传统文学研究相反的说教式方法转而去探求文本生产中的霸权结构。相类似地,翻译研究也摆脱了对没完没了的"对等性"问题的讨论,进而去研究跨越语言边界的文本生产背后的各种要素。而这两个跨学科的研究领域在过去的二三十年间发展惊人地相似,并且殊途同归地认识到一个更为国际化的语境,同时也需要平衡本土的与全球的话语。就方法论而言,它们都需要借助符号学去阐释问题和解码符号过程。①

第二节　作为理论资源的文化翻译：话语、系统与文本秩序

文化研究和翻译研究在某个时刻的相逢,意味着在文化研究领域进行"翻译转向"的同时,在传统的翻译研究领域,也悄悄进行着一场"文化转向"的革命。传统的翻译观是将翻译看成一种透明的工具,而到了现代翻译被置于现代多重学科作用场中,翻译研究才在晚近出现了"文化化"的趋势。越来越多的学者开始从文化层

---

① Susan Bassnett and André Lefevere, *Constructing Cultures: Essays on Literary Translation*. Clevedon & London: Multilingual Matters Ltd., 1998, p133.

面上审视和考察翻译。从而在某种意义上，翻译研究也正在演变成一种文化研究模式。事实上，早就有学者指出最近三十年来，"翻译研究正越来越转向文化研究，并成为文化研究的一部分"①。

翻译研究的"文化转向"，大约有两种理论来源，"有的学者，如霍姆斯、巴斯内特、斯内尔-霍恩比，在具体的翻译研究中表现了宏大的文化视野；有的学者如佐哈尔、图里、兰姆波特、勒菲弗尔等则是在运用多元系统论从事翻译研究时表现出了明显的文化指向。前者的文化意识主要来源于其具体的翻译研究活动，或被学者称为'内部的觉醒'；后者的文化意识主要来源于作为翻译研究学派的背景理论，比如多元系统论等，或被称为'外部的启迪'"②。

当然不论是"内部的觉醒"还是"外部的启迪"，其实都是面对新的更加复杂的翻译现象，不得不进行理论升级，好让理论获得更多的解释力。这些新的翻译现象包括：一方面，在世界近代史资本主义殖民扩张的影响下，后殖民文化兴起，加上在全球化时代新的文化整合与分离的双重作用下，跨越语言边界、文化边界的翻译行为陷入更深的焦虑之中。经济全球化的一个重要副产品，便是语言的全球化，当跨语言传播和跨文化交流成为不可避免的趋势，而且这种交流越来越深刻，那么仅仅停留在语言的字面转换是不够的，难以应付无处不在的跨文化现象，广泛存在的"越界"行为，使得对共同语言的追求在某种场合超越了对母语的要求，世界性语言（典型的就是英语）被某些国家共同体所确认，并将其包装成强有力的语言产品，向广大的第三世界国家输入。这种语言"硬通货"背后既有交流的需要，也有某些文化霸权的特征，第三世界国家如果想更好地融入这个"地球村"，那么在交流压力和强势语言的笼罩下，就不得不都接受母语之外的另一种或者多种语言在生

---

① 谢天振：《当代西方翻译研究的三个突破和两个转向》，《四川外国语学院学报》2003 年第 5 期。
② 王洪涛：《翻译学的学科构建与文化转向》，上海译文出版社 2008 年版，第 200 页。

活中的广泛存在。但世界通用语言的出现,语言的一致性追求某种程度上威胁翻译的传统领域。同当时的各种"终结论"甚嚣尘上一样,"翻译"也面临着巨大危机。它们对学科的现代危机应急办法都是一样的:那就是超越传统学科的边界,经历一个概念泛化的过程。比如"文学"经历了向"文学性"的过渡,就像乔纳森·卡勒所说:"文学可能失去了其作为特殊研究对象的中心性,但文学模式已经获得胜利;在人文学术和人文社会科学中,所有的一切都是文学性的。"①卡勒的说法多少有些乐观的意味,不可否认的是,传统的文学对象业已失落了,人们只能转向消费社会、日常生活、媒体信息、大众表演之中去寻找蔓延的文学性②。

　　同样,翻译也转向了翻译性的追求。翻译涉及两种语言的转换,而翻译性只是翻译行为的一个要素,它所涵盖的广度和深度比翻译大得多。要在全球化时代中保持翻译的纯洁性和它的语素本真性似乎成为不可能完成的任务。翻译的泛化和学科间隙的缩小相结合,使得任何学科都存在翻译的问题,任何学科交叉和渗透都是翻译的对象。或者我们换句话说,这种"翻译性"不过是"文化"的另一种表述方式,被泛化的翻译(翻译性)也就是在处理不同文化之间的关系,也就是在翻译研究中纳入跨文化的视野。所以"在全球化的时代,信息的传播和大众传媒的崛起使得全球化与文化的关系尤为密不可分,那么翻译无疑便充当了信息传播的一种工具,因而对翻译的研究也应该摆脱狭窄的语言文字层面的束缚,将其置于广阔的跨文化语境之下,这样得出的结论才能具有对其他学科的普遍方法论上的指导意义"③。

---

① Jonathan Culler. *The Literary of Theory*, in Judith Butler, John Guillory & Kendall Thomas ed., *What's Left of Theory*, New York & London: Routledge, 2000, p289.
② 余虹:《文学的终结与文学性蔓延——兼谈后现代文学研究的任务》,《文艺研究》2002 年第 6 期。
③ 王宁:《翻译研究的文化转向》,清华大学出版社 2009 年版,第 15 页。

正是由于在这种学术背景下，翻译研究的"文化转向"不可避免地出现了，那么一方面它将危机之中的翻译研究带入了一个相对安全并且充满活力的全新领域；另一方面，它又对传统的翻译研究进行了改头换面的改造，使得一些传统的翻译研究者不得不拍案而起，以捍卫传统翻译研究的"纯洁性"和严肃性。所以，即使主张"文化转向"的学者虽然肯定"文化转向"的必然性，但认为"我们的一个当务之急便是对翻译这一术语的既定含义作出新的理解和阐释：从仅囿于字面形式的翻译(转换)逐步拓展为对文化内涵的翻译(形式上的转换和内涵上的能动性阐释和再现)，因此研究翻译本身就是一个文化问题，尤其涉及两种文化的互动关系和比较研究时更是如此"①。

当然，也有文化翻译的学者对自身的发展提出过质疑：

> 一个学科如果要保持旺盛的活力，就必须不断自身更新方法和理念，以适应变动不居的时代的需要。这样看来，如果翻译研究仍像过去那样仅仅吸引少数专家的注意，那它就永远摆脱不了"边缘化"的境地。过去被人们认为是"伪翻译"或"译述"或"改写"的东西也许在今天这个时代已经堂而皇之地进入了翻译研究者的视野。这究竟之于我们这个学科是好事还是坏事？②

但无论如何，文化翻译之所以能为非母语写作的研究提供一种方法论视野，就是因为文化翻译被定义为一种跨文化的实践活动，这显然与非母语写作的定位是相似的。同时翻译还被认为是一种阐释的过程，按照桑塔格(Susan Sontag)的说法："去阐释就是去对现象进行重新陈述，实际上是去为其找到一个对等物"，所以翻译也是一种模拟，是为了找到另一系统中的等价物和相似物。这种等价只是有限度的相等，一种以差异为基础的等价性，所以就

---

① 王宁：《翻译研究的文化转向》，清华大学出版社 2009 年版，第 20 页。
② 王宁：《翻译研究的文化转向》，清华大学出版社 2009 年版，第 22 页。

翻译的转换而言,它更像是一种差异游戏,它所转换的绝不是意义的整体,而只是意义的碎片,翻译就是这些意义碎片的拼贴和重组。在后现代主义者看来,翻译中可译的东西就是不同语言之间共享的东西,不可译的是延异(différance)过程中差异系统中留下的踪迹(trace),是"作为语言存在的精神本质、纯语言"(本雅明),是"专有名词、命名和签名"(德里达)和"语言中的一种主体性和细微差别(nuance)"(阿多诺)①。翻译和阅读、阐释过程的同一性使得"纯熟的翻译需要进入一个自然流露的状态,参与一个多元决定的建构过程。译者心中有多个主体:理解原文意思的主体,诠释'口述'文本意思的主体,将意思转换成'艰深的汉(译)文'的主体"②。在其中,翻译的主体是分裂的、多元的。译者一方面把自己看作原作者的代言人,另一方面把自己看成读者的代言人,又以个人的喜好去移情(揣度)读者心理,进行一定程度上的删改变异。

对于译者的话语角色,杰尼·托马斯(Jenny Thomas)将话语的生产者分为:说话者(speaker)、传递者(reporter)、代言人(spokesperson)、作者(author)和传声筒(mouthpiece)五类③。而对于译者特殊的存在,还应该在其基础上,加上读者(reader)、调解者(mediator)、改写者(rewriter)、征服者(conqueror)和权力运作者(power manipulator)几种角色④。

同样对于相对于译者的原作者的话语角色,我们可以看到在目的语读者(target readers)那里,译作和原作似乎很难区分,他们并不把一种语言的转换当作重要的因素,而"原作"往往只是相当于改写的作品(改编)而言。而非相对于译作而言。原作者的身份不是文字建构的,而是译者建构的,而且往往只是通过文章前的译

---

① 陈永国:《翻译的文化政治》,《文艺研究》2004年第5期。
② 陈永国:《翻译的文化政治》,《文艺研究》2004年第5期。
③ Jenny Thomas. *Meaning in Interaction: An Introduction to Pragmatic*. London: Longman, 1994.
④ 陈历明:《翻译:作为复调的对话》,四川大学出版社2006年版.第59—88页。

者序，介绍原作者，和充当一种发现者的角色，而且预设了一种原作的权威性，即原作是有价值的，是值得翻译的，因为翻译是叠加在原文生产活动之上的生产活动，这样翻译本身也必须是有价值回报的，不然是不符合经济原则的。而这些都具有很强的主观倾向和意识形态色彩。

原作者和译者之间的关系，由于某种美学上的差距往往更能在文本中进一步得到以下几种反映。（1）当译者的水平高于原作者时，译者就有可能随心所欲地对原作进行"美化"或修改。（2）而当译者的水平低于原作者时，译者往往会碰到一些他无法解决的困难，留下的译作就会是漏洞百出的"伪译文"（pseudo-translation）。（3）所以有学者就指出最为理想的翻译应当是：译者与原作者的水平相当或大致相当，即使暂时达不到原作者的水平，译者也应该通过仔细研读原作或通过其他途径对原作者及其主要作品有足够的了解或深入的研究。只有这样，他生产出的译文才能达到与原文相当的水平，也只有这样，我们才能读到优秀的文学翻译作品。[①]

这当然只是在诗学形态上对"翻译"的考量，在实际的翻译操作中，翻译文本的产生过程是受多种因素制约的。

早在形式主义者那里，文学系统就被认识是作为"复杂的系统的系统"（complex system of systems）的"文化"的组成部分，或者换句话说，文化社会就是文学系统的外在网络。[②] 同样，翻译文学系统也被这个多元的系统所决定，并且处于经典化（canonized）与非经典化（non-canonized）、中心（center）与边缘（periphery）、一级（primary）与二级（secondary）之间不断的作用和转换之中。这样，翻译这项文化实践活动就和其他历史连续体中的实践产生互动作用。翻译规范的运作方式、翻译的操纵性质和翻译的效果都被置于

---

① 王宁：《翻译研究的文化转向》，清华大学出版社 2009 年版，第 25 页。
② André Lefevere. *Translation*, *Rewriting and the Manipulation of Literary Fame*. Routledge, 1992, p14.

更加广阔的社会文化背景之中,因而翻译研究成为文化史的研究。

作用于翻译的文化系统的成分类型多样,在勒菲弗尔(André Lefevere)看来,包括了所谓的"赞助人"(patronage)、"诗学形态"(poetics)和"意识形态"(ideology)。而控制文学系统包括三个方面因素:

> (1) 在文学系统之内的职业队伍,包括批评家、评论家、教师和翻译者。
>
> (2) 在文学系统之外的"赞助者"(patronage),它意味着某些能促进或妨碍对文学阅读、写作和重写的力量(个人或组织)。
>
> (3) 主流的"诗学形态",它包括两个方面的内容:一是文学手法,即文学类型、象征、母题、原型场景及人物;二是文学的功能观,即文学与社会系统之间的关系。①

正是翻译在这种复杂的文化权利网络之中才得以建构,在某种程度上,翻译也是译者对原文文本的"操纵"(manipulation),使文学以一定的方式在特定的社会里发挥作用。

不管是文学系统之内的从业者,还是文学"诗学形态"本身,还基本上是在文学内部来产生作用,相对的文学系统之外的"赞助者"则受到意识形态因素(ideological component)、经济因素(economic component)和地位因素(status component)的制约②。"赞助者可以是个人……或是个人组织、宗教团体、政党、社会阶级、皇室宫廷、出版机构、媒体,比如报纸杂志甚至电视台等。"③赞

---

① André Lefevere. *Translation, Rewriting and the Manipulation of Literary Fame*. Routledge,1992,p15.

② André Lefevere. *Translation, Rewriting and the Manipulation of Literary Fame*. Routlcdgc,1992,pp16-17.

③ André Lefevere. *Translation, Rewriting and the Manipulation of Literary Fame*. Routledge,1992,p15.

助者更侧重文学的意识形态方面，而非"诗学形态"方面，对于"诗学形态"方面通常会将权力委托给一些专业人士。正是这种委托的关系，使得即使是文学内部人员，同样也不免被系统外的文化要素所决定。译语文化系统的社会准则与文学规范决定了译者的美学观点，从而影响译者在翻译中的抉择和规范。这种"规范"就是吉迪恩·图里（Gideon Toury）意义上的翻译"规范"，它包括了预先规范（preliminary norms）、初始规范（initial norms）和操作规范（operational norms），从作品的选择、翻译策略的运用到翻译的影响，渗透到翻译的完整过程之中。

在这种观点中，我们可以发现翻译是一种赞助系统中的文化要素和意识形态要素。译者作为文学系统内的专家，受到系统外"赞助者"的直接影响。同样，文学和翻译的内部因素受制于外部的文化环境。它是一种文化翻译的观点，它的提出是与文化研究中的"翻译转向"相关，这在民族文学的交流中尤为重要。文化翻译的主要观点是"翻译是一种文化建构"。对文化内涵的翻译，是一种"形式上的转换和内涵上的能动性阐释"。① 在 1980 年代，翻译研究发生了巨大的变化，学者不再将多元系统论作为研究的出发点，而强调翻译中体现的意识形态要素，将源文本和目标文本的关系扩展到殖民地和被殖民地的关系中。这样就在翻译研究中加入了后现代的视野，比如后殖民理论和女权主义理论。

正如雪莱·西蒙（Sherry Simon）所说："翻译的诗学属于文化多元主义美学的实践。文学客体被碎片化了，一如当代社会机制的情况。"②"翻译研究已经从一种文化的人类学概念（虽然是一种

---

① 王宁：《文化翻译与经典阐释》，中华书局 2006 年版，第 6 页。
② Sherry Simon. *Translation and Interlingual Creation in the Contact Zone*. In: *Paper for Translation as Culture Transmission Seminar*. Concordia University, Montreal, 1996.

模糊的视野)转向一种多元的文化概念。"①翻译研究由"对等性"的争论到跨语言边界的文本生产中的要素的讨论。同时"文化研究同样也经历了相似的过程,将精力集中在价值的概念上——既有美学价值亦有物质价值——都被文化决定"②。

对于翻译和文化之间的关系,韦努蒂(Venuti)认为"在翻译过程中的每个步骤——从外语文本的选择到翻译策略的使用到编辑、重写和翻译的阅读——都被不同的文化价值所操纵,这种价值是目的语的,并通常在统治的秩序中"③。翻译不单是展示统一的异国他者(Other)的窗口,它就是结构,进行翻译的过程就是收集、创造新信息(new information)的过程,这些信息会成为有力的政治目的,如抵抗、自决和造反④。翻译和文化或文学处于一种互动的关系之中,一方面,文化控制着翻译的运作,翻译具有某文化色彩和意识形态性,它身上有着文化和译者身份的痕迹,正如霍米·巴巴(Homi Bhabha)所言是一种"重写、再解释、翻—译和译—评(trans-lating, trans-valuing)"⑤。另一方面,翻译页具有某种积极的作用,对文学和文化的影响。"与外语词汇的互动扩展了本民族的语言,为了能在源语中为某个比喻找到合适的对等词,译者必然会在英语中发现一些不大常见的词汇,因此从事翻译的作者实际上也丰富了自己的语言"⑥,翻译可以使标准语言和主流文化形式弱势化,这就是"弱势化翻译"(minoritizing translation)。它出于一种广义的民主政治目标,"好的翻译是弱势化的,通过培养异质

① Susan Bassnett and André Lefevere, *Constructing Cultures: Essays on Literary Translation*. Clevedon & London: Multilingual Matters Ltd. 1998, p133.
② Susan Bassnett and André Lefevere, *Constructing Cultures: Essays on Literary Translation*. Clevedon & London: Multilingual Matters Ltd. 1998, p133.
③ Lawence Venuti. *The Translation's Invisibility: A History of Translation*. London and New York: Routledge, 1995.
④ [美]埃德温·根茨勒:《翻译、后结构主义与权力》,见陈永国编《翻译与后现代性》,中国人民大学出版社 2005 年版,第 140 页。
⑤ Homi Bhabha. *The location of Culture*. London and New York: Routledge, 1994.
⑥ 王宁:《文化翻译与经典阐释》,中华书局 2006 年版,第 65 页。

性的话语，使标准语言和文学标准向不同于自己的、不标准的和边缘化的成分开放，从而释放'其余成分'"①。而所谓的"其余成分"（remainder），指的是主流语言之外的成分。这时，翻译也通过对权利的解构获得某种对抗策略，从而使翻译行为本身摆脱作为改写的消极性和作为中介的中立性而具有某种积极的政治性。

由此，翻译的研究突破了完全认识论上的探讨，而成为一种认识论和方法论并存的"文化翻译"，或曰翻译研究中开始出现"文化转向"，"文化转向"（cultural turn）这个词的出现要归功于英国比较文学和翻译研究学者苏珊·巴斯奈特（Susan Bassnett）和美国学者安德烈·勒弗菲尔（André Lefevere），同样"翻译转向"（translation turn）也是他们的专利，这已经是 20 世纪 90 年代的事情了。1998 年他们合作出版了影响深远的《文化建构：文学翻译研究论集》（*Constructing Cultures: Essays on Literary Translation*）。但广义的"文化的翻译"研究由来已久，即使是现代意义上的"文化翻译"，"翻译研究中的文化转向产生已经超过十年了，文化研究中的翻译转向现在正在展开中"②。

第三节　自我翻译性：少数民族文学
非母语写作的一种特征

正是文化翻译的这些特征为少数民族文学和非母语写作的研究提供了某些重要的方法论视角。在文化翻译视野下，少数民族文学的非母语写作呈现一种翻译性。这种翻译性就像阿来所说

---

① Lawrence Venuti. *The Scandals of Translation: Towards an Ethics of Difference*. London and New York：Routledge, 1998, p11.

② Susan Bassnett and André Lefevere, *Constructing Cultures: Essays on Literary Translation*. Clevedon & London：Multilingual Matters Ltd. 1998，p136.

的："我在写人物对话的时候,我会多想一想。好像是脑子里有个自动翻译的过程,我会想一想它用藏语会怎么说,或者它用乡土的汉语怎么说,用方言的汉语怎么说,那么这个时候,这些对话就会有一些很独特的表达……也是这个原因,我提供的汉语文本与汉族作家有差异。有人说,像翻译,我说,其中有些部分的确就是翻译,不过是在脑子里就已经完成的翻译。"[1]这种翻译性,其实也不局限在语言文字层面的转换,背后是一种文化的翻译和转换,体现了一种文化间性。由于民族的边界、文化的边界、语言的边界大多时候是重合的,那么民族文学跨语言的写作和交流,在全球化时代,往往表现为一种跨越边界的行为,也就是一种跨文化的文学行为。那么它的文学产品不管是在语言层面还是内容层面(后者是作品的精神层面),总会呈现一种文化的混杂性(Hybridity)。

由于民族的差异往往以语言的差异为典型表征(当然语言的差异并不是民族的真正区分原则)。这里并不是说民族文学就是以语言作为边界,但不同的民族文学之间必然存在语言上的(广义的语言,包括语言符号本身,以及表达的方式和手段)不一致。正因为民族的文化和语言作为自身的标签之一,那么跨越民族边界的写作或者交流活动,某种程度上也是跨文化和跨语言的,而这正是进入了翻译(既包括广义的翻译也就是"文化翻译",又包括狭义的翻译即"字面翻译")的范畴。

同时,在全球化时代最为典型的并不是写作的跨边界和跨文化性,而是阅读的全球性。民族文学的生产,在现代传播技术的作用下,可以迅速超越民族界限,而被其他民族所了解和理解(虽然不一定是纯粹意义上的理解)。当然这种文学行动的发生和发展,其中包含着复杂的权力关系,就像勒菲弗尔(André Lefevere)所说的受到文学内部的原则比如"诗学形态"(poetics)和文学外部原则

---

[1] 何言宏、阿来:《现代性视野中的藏地世界》,《当代作家评论》2009年第1期。

诸如"赞助人"（patronage）和"意识形态"（ideology）的重重制约，并不是所有的民族文学作品都能实现对民族边界的快速跨越，而被世界范围内的学术界所"前景化"（foregrounding），进入主流文学系统的"形式库"，获得某种"经典化"的先机。但即使如此，我们也不能否认至少在传媒技术层面上，全球化时代已经有效实现了对民族边界、国家边界、文化边界乃至文学边界的跨越。比文学传播速度还快的市场反馈机制和充分发展的文化需求市场，使得文学写作获得了某种流动性和方向性。在全球化时代，文学被生产出来，不再将文学性的价值判断作为基础的分类的标准（比如雅俗、优劣），而是以阅读对象来分类：是写给男性读者的，还是女性读者的；是写给本国读者的，还是外国读者的；是写给本民族读者的，还是写给其他民族读者的；等等。写作某种程度上的对象化也决定了写作的策略，对于全球性的受众群体，文学的写作不得不在"异化"和"归化"策略中作出选择，或者干脆在两种策略中来回穿插、摇摆不定。而这正是民族文学——这种民族文学并不是狭义的，即那种纯粹的、地方性的、小写的、本民族的文学形式，而是指广义的、大写的文学，它之所以被称为民族文学，不过是作家本身具有民族身份，而这种民族身份也只是作家众多身份中的一种，并不一定被主动嵌入其文学作品之中——混杂性的来源。

这种民族文学，尤其是其中的非母语作品中出现的混杂性是其翻译性的来源。在这一类非母语写作中，至少在文化翻译的理论框架下，自身呈现出三个层次的特征。

首先，少数民族文学非母语写作中第一步便面临语言和文字层面的转换。如果我们没有把握到非母语写作中语言的转换过程，有可能就造成对这些作品中处于语言缝隙之中难以被表述的文化差异的忽略，进而对那些渗透在文学中入微的民族形式也缺乏认识。如果文化之间的转换（也就是翻译）必然会失落某些东西，那么民族文学的非母语写作就有很多值得我们去深思的问题，包括它的性质和归属问题。

其次，少数民族文学非母语写作中涉及"文学"概念的重构，以及在此基础上形成的价值批评体系。其实不只是少数民族文学中，整体现代中国文学中的"文学"概念（而不是具体的文学事实）本身某种程度上也是舶来品，是翻译的产物。"文学"概念本身是西方理性作用下产生的"大写的"文学，它是现代性建构的结果。因此虽然中国有着丰富的"小写的"文学传统，但现代意义上的"中国文学"以及"少数民族文学"中的"文学"概念，更是对西方"大写的"文学的接受，这在五四文学革命史和"少数民族文学"学科史中可以清楚地显现出来。少数民族作家的母语写作中仍然保留了民族"小写的"文学特征，但在非母语写作中，情况相对要复杂一些，对于非母语语言以及语言背后的文化和思维模式的接受，使得在非母语写作中，"大写的"文学和"小写的"文学之间产生众多冲突和妥协、融合与适应、改造和变异，并由此产生了一种特殊的文学形式，这在后文中将进行详细分析。

最后，少数民族文学非母语写作中有大量对民族"文化"的翻译，它首先就体现在民族内容的展示和呈现上。强调民族文学这一文学类型本身的意义就在它和民族之间密切的关系，在文本、话语、风格、内容、意蕴、意义等各个层面对民族要素的展示，对民族文化的传递，对民族精神的弘扬，对民族风格的继承和民族内容的书写，所以不管是文学的内容还是文学的形式，这些文本总处在某种民族语境之中。民族文学所传播的民族内容，其中非常重要的是对民族社会生活的描写刻画，在文学形式上表现为对"小写的"民族文学传统诸如民间文学形式的继承。但在非母语写作中描写民族生活内容的时候，经过语言和文本迁移，这种呈现会在原初意义上有所变形、改造和发展，某种程度上也不是原样临摹，而是经过了加工和变异，尤其是在对民俗的勾画中产生了所谓"伪俗"（fakelore）存在的空间，当然这种"伪俗"我们要更加辩证地去观照，它不是一个价值判断，而是一种文学事实，但作为现象是值得我们去深入思考的，而且在这里，"伪俗"就和翻译中的"伪翻译"（pseudo-translation）合二为一了。

文化翻译视野下的少数民族文学非母语写作，至少在这三个层次上体现了翻译性。同时这三个层次又不是各自独立的，而是交织在一起的。对"文学"的翻译必然也包含着对"文化"层面的改写，并且是以"文字"层面的翻译为先导的。而非母语写作中的"文字"翻译，其实本质上是它处理"文化"转化关系的某种策略；而"文化"的翻译会最终作用于"文学"和"文字"，并通过两者直接作用于非母语写作的文本之中。

第二章 语言与归属：少数民族非母语写作之于语言的翻译

第一节 参照系：少数民族非母语写作的性质

语言对民族文化的形塑作用是不言而喻的，但这里所说的语言其实不一定是母语，就像王明珂先生指出的那样，非母语其实一样可以起到沟通民族感情的作用。但我们同样也要注意，对于民族的基础性语言，虽然可以不是母语，但母语至少是作为民族内部普遍存在的语言类型而被广泛运用的。其实对民族认同起关键作用的并不是所谓语言的类型和语言的归属，到底是母语，还是非母语，背后的实质是语言的首先习得性和语言运用的广泛程度。少数民族作家的非母语写作的特殊性也不只在于对非母语这种语言形态的采用，更在于非母语这种特殊语言形式基本存在于本民族内部，缺乏普遍的意义交流场域的。

所以在这个意义上说，这种少数民族作家的非母语写作要实现本民族内部的民族认同目的和效果其实并不容易，原因其实很简单，就是立足于一种普遍事实（当然也存在特例）：既然一种语言对于民族来说是非母语，那么在大多数情况下，除非是双语或者多语民族，否则就意味着本民族内部是不能广泛掌握这种语言的；在民族之外，这类作品的传播并不存在问题，但在民族内部，这种非母语写作因为语言的障碍，使得民族内部大多数人无法有效阅读这些非母语文本，进而产生理解和传播上的障碍。

当然我们也不排除少数民族并没有广泛使用的母语，或者少数民族内部双语情况较为突出的例子。也存在民族内部几种官方语言并存，比如印度共有 1 652 种语言及方言。其中使用人数超过百万的语言就有 33 种。除宪法规定的 22 种语言为联邦官方语言外，还规定英语为行政和司法用语。英语和印地语同为官方语言。另外像回族和满族使用的语言就是汉语，还有相当多的中国少数民族有母语但没有文字，这些多语言并存或者母语情况比较特殊也是客观事实。但就普遍情况而言，尤其是就民族特征而言，大多时候语言构成民族的特性，一旦这些少数民族作家的非母语写作作品尤其语言限制并不能广泛被本民族所阅读和传播，那么这种写作在本民族内部的有效性就大打折扣了。某种程度上，这使得文学形式的分类变得更加复杂，至少这种非母语写作顺理成章地被纳入少数民族本民族文学的依据就排除了语言这一显著的分类特征和标准，也就剩下作家的民族身份和民族题材两种要素，但这两种分类的方式在学术史的讨论中，其实也被证明并不那么科学和有效。

这两种分类方式可以归纳为：民族身份的作者写的文学作品和写民族内容的文学作品。对于前者，它认为"少数民族文学就是少数民族人民所创造的文学。划分少数民族文学归属的主要标志，是看作者的民族出身。换言之，无论用的是什么文字，反映的是哪个民族的生活，凡属少数民族作家创作的作品，都应归于少数民族文学的范畴"①。

---

① 吴重阳：《中国当代民族文学概观》，中国民族学院出版社 1986 年版。

　　这也就是依靠作者民族身份来认定，某种程度上，它具有很强的可操作性，作者的民族身份的确是较容易辨识和确定的要素，但是作者的民族身份是不是就能直接等同于作品的民族性呢？似乎也没有这么简单。首先个人的身份认同是多层次的，具有多重多元的集体归属认同，其中就包括"家庭、性别、区域、职业、团体、党派、教派和族群"等，并"随着环境的需要可以非常容易地从一种认同转向另一种认同"。① 民族身份只是作家集体认同中的一种，虽然是认同感最为强烈，相对也是最稳定的一种，但作品不必然都是作家民族性的体现，即使在文化的深层次上，每件作品或多或少都会烙上民族文化和民族思维的印记，但作为文学本身，作为一个开放的多元系统，还是会在内容、题材、风格等方面保持一定的创造性和独立性。我们无法否认作家选择纯粹的个体表述的自由，也无法否认作家纯粹在文学内部表达的可能性。某一作家的确存在与集体表述无关的可能性，也不一定代表某一共同体的集体立场。那么依靠作者身份来认定"民族文学"也就把作者的一切作品划入此彀中，这在对文学整体进行提喻的描述时（比如进行历时的梳理）未尝不可，作为研究对象划分标准也未尝不可，但"民族"在此处就沦为可有可无的摆设，对象也不是本真性的，而是一种"家族相似"（family resemblance）的集合。就像我们把某一作家的文学实验文本当作其典型的民族表达文本来分析，就有些南辕北辙了。所以具有民族身份的作者所写的文学作品，是不是判断民族文学归属的有效标准，还是值得商榷的。

　　而对于写民族内容的文学作品，"既然少数民族文学和一切文学一样，都是社会生活的反映，就可以说，凡反映了某一民族生活的作品，不管是（作者）出身于什么民族，使用何种文字、采用什么

① ［英］安东尼·史密斯：《民族主义：理论，意识，形态，历史》，叶江译，上海人民出版社 2006 年版，第 18 页。

体裁，都应该是某民族的文学"①。这意味着只要内容是反映民族
生活，或者形式具有民族特色的作品，就是民族文学的范畴。这在
某种程度上是一种题材决定论，或者体裁决定论。这样去分类民
族文学似乎没有明显问题，但关键在这种情况下，所谓的"民族
学"往往会丧失其本体性，沦为和骑士文学、侦探文学等一样的文
学类型，或者换句话说，它们成为一种类型文学，而当民族文学成
为一种类型文学时，它就必然被附加上众多的限制和规则，从而使
得文学性大打折扣。另外在操作层面上，这种定义难以实施，因为
描写的程度难以量化，写多少算是反映民族生活？民族形式也是
一种空泛的概念，且往往忽视其本体性，而强调它的工具性。这
样，很容易把外民族作家描述文化的游记、民族志记录等算作是本
民族文学，这显然是不正确的。而且不像第一个标准中，作家的民
族身份相对确定，作家是藏族还是维吾尔族，是白族还是纳西族，
身份在某种程度上是确定的，那么定位特定民族的民族文学相对
容易，在写民族内容的文学作品的标准中，内容只是作为客观对
象，任何作者都可以加以描述并形成特定文本，所以依靠这个标准
来判断是不是民族文学，这里的民族文学只是一种宽泛意义上的
集合概念，就是某种与民族有关的文学形式，至于我们要更具体一
点，它是哪个民族的文学，情况似乎比想象的更加复杂。比如外国
作家写的中国故事难道属于中国文学范畴，像赛珍珠写的《大地》、
奥玛·亚历山大写的《金申的秘密》、何伟写的《寻路中国》《江城》
等很难被认为是中国文学的一部分，马原写的《冈底斯的诱惑》《拉
萨河女神》《西海的无帆船》、王蒙写的关于维吾尔族的故事，也难
以被归类为藏族文学或者维吾尔族文学范畴，米吉提·艾克拜尔
所写的《邂逅》《鸽子》《权衡》《灰色的楼群》等这类表现汉族主题的
作品似乎也不能就完全取消它少数民族文学的特性。

---

① 单超：《试论民族文学及其归属问题》，《中央民族大学学报》1983 年第 2 期。

通过这两种分类标准来分辨民族文学归属，还是存在一定的争议。这就是以往民族文学难以界定和分类的原因之一。但在两种分类办法都各自不能实现有效描述民族文学这一文学事实的内涵和外延的时候，那么两种标准的交集是不是更能准确地描述民族文学的边界，也就是既具有民族身份的作者写作的又写民族内容的文学形式是不是就一定是本民族文学呢？

很显然少数民族作家的非母语写作大多数就是一种具有民族身份的作者写的表现民族内容的作品：首先少数民族作家的民族身份是确定无疑的，符合第一个标准；其次，这些作品也大多数以少数民族的社会生活作为描写对象，符合第二个特征，那么这种文学形式是不是理所当然被认为是本民族的民族文学的一部分呢？我们似乎也要更仔细地分辨。

首先我们要区分的这个分类和判断并不仅仅是针对民族文学的性质问题，也就是判断这些作品是不是一般意义上的民族文学，就性质而言，包括少数民族作家的非母语写作在内的这些民族书写作为民族文学整体的一部分似乎争议不是太大，但要进一步确定它们的民族归属，描画作品的民族边界，认定它具体是什么民族的民族文学，似乎并不是一件容易的事情。

对于作品的民族归属问题，我们尝试引入两个平行的坐标系来参考：一是海外华人文学的情况，二是对于翻译文学归属的研究。当然它们只是提供某种程度上的参照，它们与少数民族作家的非母语写作并不是同一性的问题。但因为它们都涉及一些共通的议题，比如母语与非母语的使用问题，身份认同的文化归属问题，文学以及地理边界的跨越问题，共同体读者的接受与理解问题，等等，所以两个参照领域的研究可以为少数民族作家非母语写作的归属研究，提供某种思路和镜鉴。

首先对于海外华人文学归属的研究，首要的是这些作品文本语言和作家身份的异质性。海外华人作家比如哈金（Ha Jin）、汤亭亭（Maxine Hong Kingston）、谭恩美（Amy Tan）等人用英语写作的文学作品，我们是不是可以把它们纳入汉族文学或者中国文学中来呢？当然，还要指出的是汉族文学这个概念本身也是值得怀疑的，因为它涉及研究者民族身份问题，对于西方研究者而言，"汉族文学"并非是一个冗余的术语。但对于在中国语境中的研究者而言，汉族自身是不被指涉的，在中华民族内部，"民族文学"大多时候指的就是"少数民族文学"。海外华人的非汉语创作，虽然作者具有华人华裔的身份，但似乎很难被认为是"中华民族文学"或者"中国文学"的一部分。没有一部中国现当代的文学史不言自明就包含了海外华文作家的英语或者其他西语作品，当然海外华人作家的华文写作甚至是非华文写作越来越被研究者重视，但要将海外华文文学不假思索地纳入中国现当代文学版图之中，似乎就有很大问题。有学者就指出："海外华文文学与中国传统文化和中国现当代文学存在着密切的关系，但它又是一个独立的存在，它与中国现当代文学是一种并列的关系。中国现当代文学研究界可以研究它，但不能用中国现当代文学学科来包含它，因为它无论是国家主体认同和具体的思想情感，都超出了中国现当代文学学科的范围。"①当然除去政治和历史上的客观原因，海外华人的非汉语创作在文学内部也存在难以归属的因素，首先便是语言问题，非汉语的写作对于中国读者和研究者而言，都具有语言障碍，而一种文学需要借助一种语言的转换（以及它背后的文化的转换）才能被了解的时候，的确很难在另一个共同体内部产生强有力的认同。

当然无法将海外华人文学纳入中国现当代文学范畴有很多现实的考量，虽然像郁达夫在东南亚写作的作品，以及林语堂的英语作品，仍然被纳入中国文学的范畴中，但就绝大多数的海外华文文学而言，它们不能不证自明地进入中国现当代文学的行列。

---

① 陈国恩：《海外华文文学不能进入中国现当代文学史》，《中国现代文学研究丛刊》2010 年第 1 期。

　　海外华人文学的归属可以给少数民族非母语写作的归属研究提供某种参照，当然两者之间的区别还是显而易见的。海外华人的政治归属是确定的，虽然在民族身份上具有某种文化间性，但在国别主体身份上又是明确的外国居民，所以身份、文化、语言等方面都存在错位，这也是海外华人文学常常表现的主题。但对于少数民族作家而言，虽然存在两种或者多种民族文化之间的融合问题，但中国作为多元一体的民族国家，各民族共生共荣的关系是根本性的，少数民族作家作品体现的跨文化特征，也是在一个政治主权国家内部不同民族文化间的交流、互动、融合和共生问题，与海外华人文学还是有根本性区别的。

　　但两者的确又面临着相似的文学和文本问题，比如语言的问题、文化的问题。所以海外华人文学的研究或多或少可以为少数民族作家非母语写作的归属研究，提供一种问题切入的角度。至少我们在无法有效地将海外华人文学纳入中国文学版图的时候，对少数民族作家非母语写作的作品能否直接纳入少数民族作家本民族文学的范畴，持有一种更加审慎的态度。

　　其实在两者的比较参照中，还有一个研究者的要素不得不考虑，它也会产生自反的影响。我们立足中国的文学研究者身份，研究者与海外华人作家的文化身份是同一的，这种同一性使得在研究过程中会放大作品中"异"的成分，首要的便是语言的转换问题，不能直接在民族内部交流的非母语形式必然带来作品的隔膜感和陌生化。进而便是潜存在语言之中的民族特性——主要是民族精神，也就是民族的文化、价值观和世界观等构成民族文化精神内核的部分。其次是民族内容，也就是民族的习俗、历史以及特殊的文化活动。再次是一定数量的民族形式，包括成语、习语等民族表达形式的翻译，民族传统文学形式的直接运用，以及一少部分被直接嵌入文本的民族语言形式，诸如汤亭亭在文本中加入的普通话、广东话的成分——就更加隐而不彰了。研究者由于自身文化身份本来就与海外华人作家同一，对作品之中的民族和文化要素有着直接而丰富的生活经验和理论积累，可以最大程度分辨出由于语言间性和文化间性带来的误写和误读。这些作品中包含的非民族性要素或者伪民族性要素，很容易被分辨出来，进而排除在本民族文学序列之外。

但少数民族非母语写作的一般研究者，同作家的民族身份往往是不一致的，同时在中华民族内部，汉语作为"第二母语"的普遍性使得使用汉语进行书写也是顺理成章的，某种程度上研究者不会对语言的差异那么敏感，某种程度上语言更具有透明性。在这种情况下，文本中所描述的文化差异就被放大，而且忽略了某种语言转换带来的文化改造、移置和过滤，不同文化带来的异域风情成为文本的焦点所在，相反在这种"异"的放大中，非母语写作语言的转换因素往往又被忽略了。

研究者对研究对象的把握的前提就是读得懂（一般读者的阅读也是这个前提），也就是在语言上并没有障碍。海外华人文学显然违背了这一原则，因而在归属和认同上处于劣势。相反，少数民族作家的非母语写作，恰恰破除了语言上的障碍，从而使研究者获得了研究上的便利。加之很多时候语言工具性的观念还是根深蒂固的，许多研究者仍然笃信语言表现的经验主义观点，相信语言转换的透明性（也就是内容可以无损地通过语言之间的转换，也就是翻译是透明的）。这样，在他们看来非母语写作和母语写作并没有多大的区别，就像我们经常所指的外国作品的"原著"其实指是它的汉语译本一样（这种"原著"的概念，只是相对于改编、改写而言的符际翻译，而不是雅各布逊所说的语际翻译），翻译的透明性同样也使得民族文学自然包含了这些非母语写作的作品，这在大部分的民族文学史中可见一斑：不少少数民族文学史便是这种非母语作品的历时编排，即使提到了本民族母语或者通用语作品，往往也是象征性地一带而过，浅尝辄止。

　　研究者身份的这种不同，使得我们在对待海外华人文学和少数民族非母语写作归属的时候，会得出截然相反的结论。很大程度上将海外华人文学定位为外国文学范畴，而将少数民族作家的非母语写作纳入少数民族自身的文学体系之中。当然并不是说这种分类毫无根据，但我们要更加仔细分辨这些差异和问题，至少要对少数民族作家的母语写作性质和归属作出一定的反思。

　　其实，我们探讨对海外华人文学和少数民族作家的非母语写作归属和定位的不同理解时，一个有效的验证手段便是给研究者的身份加上括号，或者把研究者的身份进行一下置换——持汉语的研究者很容易理解为什么很难把海外华人文学作为中国文学的一部分；同样，如果是一个少数民族身份的研究者，也不会不假思索地把本民族作家用非母语写作的文本轻易划入本民族文学的范围之中。即使在宽泛的民族文学史下，被概括进来的非母语作品也不会进入母语文学的发展序列之中，而会被单独提出。这就是说，非母语作品即使承认它的民族性，它也是不那么纯粹的本民族文学。

　　同样，作为一项文学事实和文学研究事实，我们也能从文学史书写和文学史观的线索看出，多数研究者会专章研究这些非母语作品，而不是完全置于母语作品的序列中，这意味着他们对这些作品的归属和定位同样存在疑虑，承认它们的特殊性，而具有一种分类的自觉——同样的自觉，我们在看类似的翻译文学分类时也能见到，在编辑全集的时候，翻译文学总是被纳入民族作家的名下，但在民族文学史中却又找不到它们的踪迹，对此我们下面将进一步分析——只是在实际过程中和在理论上，往往又忽视了这种倾向。

　　因此，少数民族作家的非母语写作并不能轻易和本民族的民族文学直接画上等号。那么是否就意味着，这些非母语作品，如同翻译文学一样，被有些学者划入译语民族文学（如果将非母语也看作一种自我翻译形式，那么它的流向是朝向译语民族的译出）呢？似乎也不是这样，笔者再引入一个参照系，那就是翻译文学的研究。

对于"翻译文学"的形态，有学者认为它既是"文学创作的一种形式，也是文学作品的一种存在形式"①。而学界对于"翻译文学"属于译语民族文学的研究为笔者进行少数民族作家非母语写作作品的归属研究提供了某种参考，因为这种非母语作品同样具有一种特殊的翻译形态，特别是在"文化翻译"理论视野下，就更加凸显出来，对于非母语写作形式的翻译性具体的研究，后文会详细论及。

我们在此重点介绍关于"翻译文学"归属研究，作为一种有益的思路。谢天振教授认为，要厘清翻译文学的归属，也就是国别问题，其关键在于："首先，要明确翻译文学的性质，而为了要明确翻译文学性质，就还要明确文学翻译的性质；其次，要找出判别文学作品国别的依据；最后，要分析翻译文学与外国文学究竟是不是一回事，或者说，翻译文学是不是等同于外国文学。"②

而对于文学翻译而言，它本身就不纯粹是信息的传递，而是包含着一种审美再造的过程：同一译本经过不同的译文风格、不同的翻译手段等会造就不同的审美体验，这就是很好的证明。毕竟作为语言艺术的文学而言，语言中所附着的审美要素是一个最显著和重要的特征。从翻译发生学角度看，不但如此，在翻译的意识形态性中，我们可以更为直接地得出翻译创造性（同时具有目的性）的结论。德国学者阿·库勒拉曾明确地提出："在翻译中新语形象的形成则是综合的过程，而且主要是创作过程。这里译者所进行的工作，就同作家由于创作冲动将自己的思想倾注于纸上一样。选择语言文字材料、选择同义词和语法结构、确定句中词序的

---

① 谢天振：《译介学》，上海外语教育出版社 1999 年版，第 209 页。
② 谢天振：《译介学》，上海外语教育出版社 1999 年版，第 224 页。

这个过程则是一个直觉的创作过程。"①

另外，对于以往我们对文学作品的国别（民族）分类机制，重心在于作者的国籍身份，这意味着作者的国籍（民族）决定了作品的国籍（民族）。但与民族文学作品的归属分类相似，根据作者身份来判断作品的归属，或多或少缺乏完满的依据，至少它在一定程度上取消了作品的相对对立性。但问题的重点还不在此，作者身份决定作品身份至少还具有直接的相关性，但对于经过语言转换的文学形式而言，问题就进一步复杂化了。翻译文学的所有者到底是作者还是译者，尚且没有定论，遑论翻译文学的归属。举一个简单的例子，我们说中文的《哈姆雷特》作者是谁？不会有人去否认莎士比亚对《哈姆雷特》的所有权，但仔细想想，莎士比亚作为英国作家，完全不会中文，怎么可能造就这文白相间的汉语文本呢？一旦意识到这个问题，翻译文学的作者也大大成疑了。至少就直接相关性而言，翻译文学的作者是译者，而不是原作者。由此翻译文学被纳入译者国别（民族）的范围中来似乎也有某种正确性。

同时，以读者角度看，读者是很少直接和原作发生交互关系的（相对于世界语言的丰富性，相较于任意两种语言的组合数量，具有双语或多语能力的读者数量是可以忽略不计的），外国文学的一个重要标志就是它的异质性，既有内容上的异质性，也有语言形式上的异质性。而一个能为民族读者理解并交流的文本，是很难和外国文学画等号的。当然，我们所说的前提是民族之间具有语言的差别，交流需要翻译的存在，因为存在国别之间没有语言差异的情况，比如美国文学和加拿大文学，并且这种情况是普遍的。但在此问题之中本来就预设了民族之间语言的差异性。

最后，翻译文学并不等同于外国文学，也就是译文并不等同于

---

① 中国对外翻译出版公司编：《外国翻译理论评介文集》，中国对外翻译出版公司1983年版，第35页。

原文。就像钱锺书先生指出的那样："从一种文字出发，积寸累尺地度越那许多距离，安稳到达另一种文字里，这是很艰辛的历程。一路上颠顿风尘，遭遇风险，不免有所遗失或受些损伤。因此，译文总有失真和走样的地方，在意义或口吻上违背或不尽贴合原文。"①

翻译理论一直说"翻译者即反逆者"（traduttoretraditore）。翻译作为一种"创造性的反叛"必然和原作拉开距离，其中包括三种不同的类型：一国文字和另一国文字之间的距离；译者的理解和文风跟原作品的内容和形式之间的距离；译者的体会和他自己的表达能力之间的距离。②

对于翻译文学是否可以被认为是译语民族文学，以往理论认为至少有以下方面需要我们综合考虑。我们判断作品归属的标准时，一般首先考虑的是作者国籍。因为世界文学分类一般都是建立在民族国家基础上的，有了这一条，我们只要证明译者对翻译文学的所有权，也就是译者才是翻译文学的作者时，那么我们就可以轻易地推导出翻译文学属于民族文学的结论。

还有，在翻译文学中译者同作者一样发挥了文学的创造性，从而让作品在另外一种语言和文化中得以"重生"。"从写作过程看，翻译家和作家在写作过程中都要深入认识作品中所要表现的时代、环境和文化背景，他们也都要细致体验作品中人物的思想感情和行为方式，然后他们都要寻找最恰当的语言形式把这一切表现出来。"③从文学语言写作和读者的接受角度看，"译者所用的语言与民族文学家所使用的语言是一样的，他们的作品所面临的读者也是相同的"④。

---

① 钱锺书：《林纾的翻译》，商务印书馆 1981 年版，第 19 页。
② 钱锺书：《林纾的翻译》，商务印书馆 1981 年版，第 19 页。
③ 谢天振：《译介学》，上海外语教育出版社 1999 年版，第 240 页。
④ 谢天振：《译介学》，上海外语教育出版社 1999 年版，第 241 页。

　　最后，从文学的效果观之，翻译文学"不仅和民族文学发挥着同样的作用与影响，有时候它的作用与影响甚至还大大超过了民族文学的作品"。就像车尔尼雪夫斯基所说："在普希金以前翻译文学实在比创作还重要。知道今天要解决创作文学是否压倒了翻译文学还不是那么容易。"①当然完全以文学效果作为依据，来证明翻译文学的归属并不完全充分，因为所谓的文学效果其实是一个因人而异的东西，在形式主义新批评那里，甚至取消了文学效果的有效性，而被认为是"感受谬见"。所以文学效果也仍然是以文学内部要素，比如风格、语言、审美等为前提，这些仍然涉及一种以语言转换带动的整体转换。如果没有语言的转换，那何谈作品在异国或者异民族中的影响，何况这种影响往往具有偶然性，和翻译作品的归属关系不大。

　　可见，判断翻译文学归属的主要依据，主要是这个三段论式的逻辑、语言异质性以及接受的难度。但对于判断作品归属的这个三段论前提，我们要更加谨慎地处理。对于其中的小前提，并没有什么问题。译者某种程度上就是翻译文学的作者。但对于逻辑的大前提来说，对判断国别文学尚且具有合理性，并且分类机制也相对完善，那时因为国别文学本身的分类学意义就不大，国家作为政治单元与文化（文学）单元的边界往往并不重合，这就是为什么跨国的文化活动非常频繁的原因，而且文化演化的时间比现代民族国家的出现时间要早太多，不可能按照国家边界来设定文化。国别文学更多具有一种以便于研究为目的的操作意义。国家内部的复杂性，特别是多民族国家内部包含的民族多样性和复杂性，使得国别文学缺乏本质上的规范性。同样地还有东方文学或者西方文学这样的地缘分类概念，其实在东/西方内部，各组成部分的差异要远比我们认为的大得多。就像东方文学所涵盖的印度文学和中

① ［俄］车尔尼雪夫斯基：《车尔尼雪夫斯基论文学》（下卷），辛未艾译，上海译文出版社 1982 年版，第 423 页。

国文学之间的差异，并不一定小于印度文学与英国文学的差异。在国别文学的内部，民族集团文学之间的差异，也不一定小于国别文学之间的差异。国别文学更多只是一种家族相似的概念，甚至这种相似性都不那么有效和可靠。这是因为国别文学的概念更多只是去规范研究范围，所以用作者的国籍去判断作品的归属尚且具有合理和有效性，因为它本身就不是一个严密的概念。但相对于国别，民族是比国家更为稳定的文化单元，也就是民族文学的分类意义要比国别文学大得多。那么对于判断哪些作品属于民族文学，作品作者的民族身份是不是判断的唯一标准呢？前文已经论述过，作者的民族身份所具有的先天性，往往忽略了迁徙和认同造成的身份的复杂性。比如 T. S. 艾略特，他 1888 年出生于美国，但于 1914 年定居英国，1927 年又加入英国国籍，研究者尚可认为他的作品前期属于美国文学，后期属于英国文学（虽然在英美各自的文学史中并没有这种一分为二的做法，而将其完整地纳入各自的文学史序列之中），这对他文学价值的研究并不会产生太多的影响；但对于民族文学作家（普遍意义上的，也就是重合于整体文学边界的民族文学概念）而言，民族某些本质要素（比如文化）和非本质化的认同之间复杂的作用，使得在判断民族文学的归属时，光靠作者（译者）的民族身份显然是不充分的。也就是说，翻译文学在判断其国别归属的时候，作者（译者）的国籍尚可作为分类依据，但在判断其民族归属的时候，我们将作者（译者）所谓的民族身份作为依据就要谨慎。

这样，另一个判断依据——语言的和读者的异质性倒成为翻译文学属于民族文学观点的最有力支撑。一部本民族读者不能阅读和理解（由于语言这种本质性的差异）的文本，似乎并不容易把它同本民族文学直接等同起来。

由此，我们参照海外华人文学和翻译文学的双重坐标，并非它们之间有着完全的相似性，而是这两者可以为少数民族作家非母语写作的归属研究提供某种有益的借鉴。由此少数民族作家的非母语写作具有某种独特的形态，非母语写作和翻译的作用相类似，都提供了让世界认识另一种文学和文化的可能性。另外就像"翻译文学"一样，成为文学创作的一种形式，也是文学作品的一种特别存在形式。非母语写作或多或少具有独立于母语民族文学和非母语民族文学之外的独特性质。很多少数民族作家的非母语写作比起母语写作，在文学史上占有更加重要的位置（当然是对非母语民族的文学史而言），就像翻译文学经常出现的现象一样：菲茨杰拉德（E. Fitzgeral）翻译的《鲁拜集》在英国文学史上的地位和影响要远大于欧玛尔·海亚姆（Omar Khayyám）的原作在本国的影响。很多双语作家的非母语作品的意义也大于母语作品在本民族文学史中的意义，像纳博科夫（Vladimir Nabokov）的英语作品地位远高于其早期的俄语作品，艾莲娜·柯蕾普费兹（Irena K lepfisz）的英语文学成就也高于意第绪语作品的成就，不少中国少数民族作家的非母语作品的成就也明显高于母语写作的成就，像新疆作家群中的艾克拜尔·米吉提、郭基南、阿拉提·阿斯木、傅查新昌、帕蒂古丽等都取得了突出的非母语写作成就。

就像翻译文学取得了作为一种文学作品存在形式的合理性和合法性一样，非母语写作同样也逐渐成为独立的样式，成为独立样式的意义就在于它不会因为读者语言能力的提高（比如对作家母语的掌握）而丧失它的有效性。同翻译文学一样虽然它们受制于众多因素，但都获得了独特的审美体验和审美价值。即使这种审美价值并不来自以往研究所宣称的根源：翻译文学的审美价值不是来源于原作；少数民族作家的非母语写作的审美性也不一定来源于原民族，他们都是相对独立的文学存在。

这是因为非母语写作和翻译文学的这种一致性，翻译文学的归属研究给我们探讨少数民族作家的非母语写作归属问题提供了很好的借鉴和参考，少数民族作家的非母语写作，既然是一种潜在的翻译形式，那么对它的定位就类似于对翻译文学的定位。虽然，两者之间的差别也是显而易见的，其中包括：

对于非母语写作而言，在发生学角度，可以假设一个隐在的原始母语文本，虽然在现实中只有部分文本是实有的，真实存在的。然后再经过某种自译或者他译的翻译行为转化为非母语文学。但其实在更多的情况下，非母语写作就是直接采用非母语进行写作的，这样原始的母语文本就是潜在的，仅仅存在于思维之中。但又因为母语对思维的影响是根深蒂固的，即使很多作家掌握了非母语，但却一直使用母语进行思维。因而写作过程中其实又存在着这样的隐在的母语文本，同时完成母语到非母语的转换过程，即翻译也是潜在的，内在于思维之中。

而因为母语思维和翻译过程的潜在性质，我们往往会被显在的非母语写作过程蒙蔽，忽视了写作过程和写作主体的二元性。这种二元性也就是写作过程同时也是翻译过程；写作主体同时也是翻译主体。只有在翻译视角的观照下，才能将这种二元主体显现出来，揭示出潜在的同步翻译过程。

但另一方面，这种潜在的翻译性又决定了非母语写作并不是严格的翻译行为，而是处于中间形态。但这种比较模糊的性质又让我们在处理非母语写作的时候，并不能完全将它的写作行为和翻译行为分离开来。在一般性的显在的文学翻译中，写作行为是先于翻译行为的；而在非母语写作中，恰恰相反，翻译行为要早于实在的写作行为本身。即便如此，两者之间仍有很多的共通性。

在非母语写作的归属问题上，既然肯定了它的翻译特征，那么定位的依据就不能直接依托于作者的民族身份，而应该强调译者的民族身份。但这又造成了一个难题，那就是在非母语写作中，作者和译者的身份其实是合二为一的，这样就个体而言，民族身份也是一样的。但仔细分析便可发现，虽然作者和译者个体身份是一样的，但两者文化身份其实并不一致。文本写作者基本上就是指那个实在的写作主体，具有明确的民族身份；但翻译者立足点并不在母语文化之上，而是以非母语建构的非母语文化。译者不得不站在非母语立场，因为首先语言决定了他必须在非母语规定的范围内，进行书写和表达。因此翻译主体即使不认同非母语民族身份，它所持有的语言、运用的形式、表达的方法、接受的对象都是非母语民族的，翻译主体有着不可磨灭的非母语民族性。这样译者背后就是广大的非母语民族文化，而译者主体的文本结果即非母语文本也属于非母语民族文化的一部分。

另外，既然承认了非母语写作的翻译性，就像翻译文学那样，在非母语写作中更为重要的就是翻译的过程，而不是写作的过程。译者的非母语民族性决定了写作的非母语民族性。但因为用作者/译者身份归属来规定作品归属的做法并不是完全没有问题，那么在定性过程中更为重要的就是从文学接受的角度去研究非母语写作的特性。纯粹的民族文学母语写作一定包含"民族性"和民族特征，即使它不是在强调这一方面，但它的存在本身就是对民族作为想象共同体的实践，强调写作语言的民族性以完成民族认同的功能。而非母语写作本身似乎并不能提供某种民族认同的平台和机制。因为首先它的阅读对象就不是本民族的读者，这样就瓦解了通过阅读建构本民族认同的根基，进行民族想象认同的主体也就是广大的民族读者在这里是缺席的。虽然作为本民族的"民族文学"概念本身是被建构出来的，但这种建构性建立在"民族"的基础上，如同安德森所述，与 18 世纪的小说和报纸类似，民族文学（不论它是哪种形式）"为重现（re-presenting）民族这种想象的共同体，提供了技术上的手段"①。而对于非母语写作而言，由于语言的限制，充当这种认同的工具似乎力不从心。

同时，对翻译文学的归属研究也强调"翻译文学是民族文学或

---

① ［美］本尼迪克特·安德森：《想象的共同体：民族主义的起源与散布》，吴叡人译，上海人民出版社 2005 年版，第 23 页。

国别文学的一个组成部分，并不意味着我们把翻译文学完全等同于民族文学或国别文学"①。它同样承认翻译文学和民族文学之间仍然存在着众多的差别。

首先是"在作品反映的思想、观点方面，民族文学或国别文学作品表达的是民族文学或国别文学作家本人的思想和观点，翻译文学则都是传达另一个民族或国家的作者们的思想和观点"②。译者的思想更多只能在语言转换的缝隙之间和不同语言的距离之间流露出来，或者通过序跋、注释、后记诸如此类的二级文本表现出来。

其次，"在作品的内容方面，民族文学或国别文学的作品基本上反映的是本族或本国人民的生活，而翻译文学则绝大多数反映的是异族或异国人民的生活"③。同时有学者也注意到不同的例子，比如民族文学或国别文学是从本族或本国作家的角度去反映外族或外国人民的生活的，而翻译文学则从外国作家的立场来反映译者所属民族或所属国人民的生活。像赛珍珠的作品并不是将中国作为接受对象（并不是汉语写作），而只是仅仅将中国作为描写的内容。民族性并不是作品所散发出来的特质，而仅仅是被描述的对象。

最后"民族文学或国别文学是作家以生活为基础直接进行创作的，而翻译文学是译者以外国文学的原作为基础进行创作的——因此之故，译者的劳动被称为再创作。再创作与创作虽然仅一字之差，但是在艺术创造的价值方面存在着较大的差别"④。当然至少在后现代理论中，这种创造性并没有那么重要的地位，在互文性（intertextuality）的网络之中，创作和再创作的界限已经没

① 谢天振：《译介学》，上海外语教育出版社 1999 年版，第 244 页。
② 谢天振：《译介学》，上海外语教育出版社 1999 年版，第 244 页。
③ 谢天振：《译介学》，上海外语教育出版社 1999 年版，第 244—245 页。
④ 谢天振：《译介学》，上海外语教育出版社 1999 年版，第 245 页。

有那么清晰了。所谓的作者的原创性被无处不在的文本联系所淹没而大打折扣，既然原作和译作在本质上都是一种"再创造"，都是互文的文本，那么去判断文本被再创造的程度，文本与周围的文本世界相链接的广泛程度代替了作品原创性的讨论范畴，同时，也取消或者削弱了它对翻译文学和民族文学区分的分类价值。

所以有学者认为"一方面应该承认翻译文学在民族文学或国别文学中的地位，但另一方面，也不应该把它完全混同于民族文学或国别文学。比较妥当的做法是，把翻译文学看作民族文学或国别文学中相对独立的一个组成部分"①。

第二节　民族的文学：对于非母语写作归属问题的一个折中方案

与此类似，在民族作家的非母语写作中一个事实就是，非母语写作难以被非母语的民族中的民族文学所直接承认。毕竟作家所具有的民族身份是客观存在的，使得其作品很难在以民族为区分边界的文学分类中获得有效性。除非是以语言类型为原则的文学史，不然它同样也会在非母语的民族文学史中被忽视和边缘化。

同时，非母语形式本身有诸多的问题，我们不能说任何非母语写作的文学都不是本民族的民族文学，民族的构成情况是复杂多变的，在中国的少数民族中，回族、满族就没有自己的母语，而借用汉语的形式；对于少数民族的文字，全国 55 个少数民族，只有 20 多个民族具有文字形式，那么对于其余少数民族而言，进行母语写作根本就是不可能的。所以少数民族作家的非母语写作关键不在于非母语本身，而在于这种非母语形式是否被少数民族内部所认

---

① 谢天振：《译介学》，上海外语教育出版社 1999 年版，第 245 页。

可和广泛使用，我们当然也要承认母语和民族语不一致的情况存在。

除了语言的要素，在文化认同方面，非母语写作也会呈现出某种复杂和多元性。作家身份的混杂性并不意味着它只拥有处于两种文化之间的间性特色，它还意味着身份是多元的。我们以张承志的《黑骏马》为例，作为回族作家的张承志，用汉语写就了一篇蒙古族的故事。这时，用作家民族身份、作品民族内容抑或作品民族语言来判断作品的民族归属，都会得出自相矛盾的结论：它不是回族文学，因为它所表述和认同的是蒙古族的精神内涵；它也不是蒙古族文学，因为它不是蒙古母语的作品，缺乏对本真民族的描述和缺乏一种民族形式；它更不是汉族文学，汉语在其中的意义仅限于语言形式的借用（因为回族没有本身的母语形态）。

那么民族作家的非母语作品更像是一种介于母语民族文学和非母语民族文学之间的形态。我们只有将这种作品划为一种特殊形式的"民族的文学"，才能某种程度上解决掉这个矛盾。其实所谓的"民族的文学"命名并不是那么重要，它只是对这一类特殊的文学事实的概括和描述，作为一个术语，也只是出于操作意义上的便利，以期和我们一般意义上的"民族文学"有所差别。但我们也要注意到，它所描述的这个文学事实本身是具有独特性的，它的对象是一种民族"大写的"文学，或者"大写的"民族文学，所谓"大写"也就意味着首先它是对西方普遍性的"大写的"文学的接受，就是这个名称本身包含了民族的异质性；相反"民族文学"虽然也是现代性构建的产物，但就被发明的概念本身而言，它从一开始就是包含着"小写的"文学传统的。当然其中也包含"民族"出现后的民族性的作品，尤其那些母语文学形式。

就其语言的结构我们就可以看出，"民族的文学"侧重的是其"文学"的方面，民族不过是作品分类学的背景而已；而"民族文学"则强调其"民族"内涵，"民族文学"概念被发明出来，就是对"民精神"（赫尔德意义上）的强调，它一直作为民族内部认同的手段而存在。而所谓的"民族的文学"中的"民族"只是作为一个分类机制而存在，不像"民族文学"中那样具有实质化的内容，"民族的文学"并不需要去承担民族认同的功能，只要是具有民族语义的作品，都可以被化为"民族的文学"，或者某种程度上，"民族的文学"就是对以作家民族身份划分民族文学类型（它具有很强的操作意义）的直接移用，只不过我们将"民族文学"置换成"民族的文学"，也就避免了"民族文学"本身性质对包括作家身份决定论在内的种种分类法的排异。

　　"民族的文学"只是一个操作的定义，它并没有自身本质化的含义，而只是分类的意义，所以在面对这些文本的时候，研究者的工作就是仔细鉴别其中民族认同的方向和类型。

第三节　原文还是译文：少数民族
非母语写作翻译问题之一

　　在文化翻译视野下，非母语写作呈现的这种独特的翻译特征，其实为我们更深入研究和理解非母语写作设置了双重障碍。非母语作者往往处于一种互文化性（interculturality）之中，他们在写作中也自觉不自觉地运用一些翻译策略，如"归化"（domestication）和"异化"（foreignisation）等。这里就出现了一个矛盾：越好的翻译，非母语作者对两种文化的掌握度越高，对非母语的熟稔度越大，反而越容易掩盖掉非母语写作的翻译性质。越好的非母语作家越容易让人忘记他的母语本质和民族背景，其作品越容易被非母语读者接受，并作为非母语文化的一部分（虽然这往往有悖作家初衷）。而对于母语读者而言，阅读非母语作品反而需要借助跨文化的翻译行为才能实现，这也进一步表明了非母语写作更应该纳入非母语文学的范畴中去。

但要对非母语写作的翻译性作出更加精准的理解，我们不得不在文化翻译理论框架中，去解决如下的问题：（1）非母语写作是原文还是译文？（2）如果它具有翻译特征，那么它的方向性如何，换句话说就是，它是一种译出行为还是译入行为？

因为非母语写作的翻译特征是潜在的，所以我们必须慎重思考非母语作品是原文还是译文的问题。当然这里所说的原文也好，译文也好，都不涉及一种原创性，因为非母语写作中作者和译者是同一和同时的，所以原文的原创性就是译文的原创性。非母语写作的美学意义并不会因为其翻译性质而丧失，相反它在改造语言、塑造意象和实现文学陌生化（defamiliarization）效果时具有很大的优势。它的影响在于怎样去考察作品背后的文化因素，比如作者的写作动机、作品影响等意识形态要素。

在文化翻译的框架中，非母语作品可以被认为是一种"伪原文"（pseudo-original），也就是伪装的原文形态，是以原文面目出现的翻译作品。很有趣的是，它与传统翻译研究中的一种现象也就是"伪翻译"（pseudo-translation）的逻辑恰恰相反，"伪翻译"是将原文看成翻译的读者与译者之间的共谋关系（collusion），是"以翻译的面目来将某种创新纳入文学系统之中"，是"文学系统反感于对经典模式和标准的偏离"时的一种策略①。

其实翻译对原作的偏离是常有的事情，只是这种偏离程度有异。林纾在翻译狄更斯《董贝父子》（林译《冰雪姻缘》）的时候就删去了大段关于工业化的论述，而加上了自己很多有关儿女孝道的议论。苏曼殊翻译的雨果《悲惨世界》（苏译《惨世界》）则掺入了大量自己创作的内容，从而将文本变为一个似创作非创作、似翻译非

---

① Susan Bassnett. *When is a Translation not a Traslation*. In: *Constructing Cultures*, Multilingual Matters Ltd., 1998，p28.

翻译的中间形态①。某种程度上来说，这种"误译"作为翻译现象来说更有价值，因为它体现了"译语文化与原语文化表现出一种更为紧张的对峙，而译者则把他的翻译活动推向以后总非此即彼的选择：要么为了迎合本民族的文化心态，大幅度地改变原文的语言表达方式。文学形象、文学意境等等，要么为了强行引入异族的文化模式，置本民族的审美趣味和接受可能性于不顾，从而故意用不等值的语言手段进行翻译"②。

相对于这种"误译"，"伪翻译"是更为极端化的形式，因为它并没有原作，原作是被虚构的，而只有翻译才是真实的。"伪翻译"的例子在文学史上亦不罕见，像白克浩司（Edmund Backhouse）伪造的《景善日记》、塞尔本（David Selbourne）伪造的《光辉之城》（*The City of Light*）等都是代表③。

至于"伪翻译"的目的何在，恐怕也是多种多样的。审美上有在文学系统中纳入新的美学形式的考虑，但更多的恐怕还是文学之外的目的，比如假借权威的目的，"塞尔本借着《光辉之城》这本书发表他的道德、社会教化观点，固然可以引文明古国的历史事实来为他本人的见解提供一个'放诸古今中外皆准'的潜台词，但更为重要的，恐怕还是借着所谓'古物'取得他本人作品无法达到的地位和宣传效果"④。

同时这两个方面有似乎是相互矛盾的，就像孙慧怡教授所言：

也许这正是很多制造假翻译文本的人需要面对，却又不愿意面对的事实：假如他们相信自己的作品在内容或质量方

---

① 谢天振：《译介学》，上海外语教育出版社1999年版，第212—213页。
② 谢天振：《比较文学与翻译研究》，业强出版社1994年版，第232页。
③ 关于《景善日记》和《光辉之城》的考辨文章，可参见孙慧怡"'源于中国'的伪译——景善日记揭示的文化现象"《20世纪末伪译个案研究》，收录于《翻译·文学·文化》，北京大学出版社1999年版，第182—221页。
④ 孙慧怡：《翻译·文学·文化》，北京大学出版社1999年版，第212页。

面,可以在当时的文化环境或文化运作方式中站得住脚,会不会另托权威"作者"呢? 作品需要寄生在本土文化为"异域"制造的空间里面,除了因为希望借助假托带来权威及宣传效果外,也因为这种空间既然被定性为"异",读者耳朵期望和他们用的分析、审查标准,都会与看本土文化的作品有明显不同。最重要的是,一般读者在这个类别的"常识"判断能力不会很高,因此含糊过关的可能性就比较大了。①

而"伪原文"以原文的面目出现,它所作用的不是母语文学系统(即使有影响也是间接的和反馈式的),而是非母语文学系统;它满足的不是文学系统对异质性的排斥,而是对异质性的需求。之所以采用原文的样式出现,在于原文具有更多的权威性,可以在名义上排除翻译的改造和影响,同时又能通过对翻译策略的灵活掌握去影响非母语文化的读者。

第四节　译出还是译入：少数民族非母语写作翻译问题之二

既然非母语写作是一种自我翻译形式,那么就涉及另外一个问题,即翻译的方向问题,少数民族作家的非母语写作到底是译出还是译入过程?

既然非母语写作是一种潜在翻译行为,那么就存在源语(source language)和译语(target language)对象。虽然有学者认为在文化翻译中对源语/译语的二分并不太合适,因为"源语"将可译/不可译的问题重新引入讨论中,而"译语"的叫法,则包含了一

---

① 孙慧怡:《翻译·文学·文化》,北京大学出版社 1999 年版,第 213 页。

个"目的论式的目标"，"一个有待于跨越的距离，以便达到意义的完足，因此它歪曲了等义关系的喻说如何在主方语言中得以构想的过程，并且将其能动作用降低到次要的地位"①。而主张采用"主方语言"/"客方语言"来取代。这是有一定道理的，源语/译语的确难以体现出其背后的文化色彩，也难以表现出文化主体之间的互动、共谋、侵犯或者僭越关系，但对文化主体主方/客方的区分，又很容易让人与翻译主体（写作主体）母语/非母语的二分对应起来，但实际上，在非母语写作或者自身发起的翻译中，主方语言反而是非母语，这样就使问题进一步复杂化。为了避免这种术语上的联想，我们仍然沿用源语/译语的叫法，但同时也注重其背后的文化因素。

　　"源语"和"译语"决定了翻译的方向性，翻译总是从源语流向译语，方向性也是翻译的内在特征，正如瓦尔特·本雅明（Walter Benjamin）在《译者的任务》中所说的：一般的艺术作品都不是为了读者而写的，但翻译显然不是这样，它具有明显的目的性和方向性②。翻译具有译出和译入两个方向。译出是将母语译作非母语作品，将母语文化传播到他者民族中去；而译入是将非母语作品译成母语作品，将他者民族和语言的要素带进母语文化之中。译出和译入的功能是不同的，译出是一种文学传播过程，作用于他者民族的译语文学系统，它对本民族非母语文学的作用是间接的，或是反馈式的，并且通常只作用于翻译作品本身，很难扩展到整个文学系统中去。就像某些文学作品是通过翻译获得它的国际声誉，再逆向影响母语文学的。很多作品"原作可能被人们忽视了，或者没

---

① 　刘禾：《跨语际实践——文学，民族文化与被译介的现代性》，安伟杰，等译，生活·读书·新知三联书店 2008 年版，第 37 页。
② 　[德] 瓦尔特·本雅明：《译者的任务》，载陈永国编《翻译与后现代性》，中国人民大学出版社 2005 年版，第 3 页。

有得到应有的评价，通过翻译可以显示出它的价值"①。最为典型的就是寒山的例子，这位在中国诗歌史上名不见经传的唐代诗人，在西方却拥有超乎所有中国文学家的知名度，他的诗作被悉数翻译成了英语，并且具有多种的译本。而对这位诗人的翻译最早可以追溯到 1954 年，亚瑟·韦理（Arthur Waley）在著名的《文汇》（Encounter）杂志上刊登的 27 首寒山诗翻译，而寒山诗歌在美国的传播，使他获得了世界性的声誉。在 20 世纪五六十年代，美国"垮掉的一代"（beat generation）浮出历史表层，他们将对西方社会的反思寓于对东方哲学和宗教的追寻上，"垮掉的一代"的旗手加里·斯奈德（Gary Snyder）于 1958 年在《常青藤》（Evergreen Review）杂志上发表了 24 首寒山译诗。被"异化"的译作对于当时的文化诉求来说显然切中肯綮。随后 1962 年伯顿·华特生（Burton Waston）又选译寒山诗 124 首，到 1965 年，加里·斯奈德又将所译寒山诗编入新的文集《砌石与寒山》（Riprap and Cold Mountain Poems）出版，寒山诗在美国也由此得到更为广泛的传播。而这种"墙内开花墙外香"的文学翻译传播现象是屡见不鲜的。就像欧阳桢所说的翻译的"交互作用辩证法"。由于作品被翻译（和误译）成各种文字，进入各种文化，从而抬高了作品的价值。"文化艺术品具有这种相互作用的动力，它们不是互相撞击而自身毫无改变的没有自动力的弹子球；它们是可塑的、有机的建构，其形状和意义来自它们与其他文化艺术品的相互作用②。"

译入则是一种文学影响过程。通常我们所说的翻译也大多是指这种情况。也就是站在译语文化立场上，译入是满足译语文学系统自身期待的。译入可以为译语文学提供诸如新的诗学形态

---

① ［法］乔治·斯坦纳：《通天塔——文学翻译理论研究》，庄绎传译，中国对外翻译出版公司 1987 年版，第 115 页。
② ［美］欧阳桢：《传统未来的来临：全球化的想像》，见王宁、薛晓源主编《全球化与后殖民批评》，中央编译出版社 1998 年版，第 77 页。

(poetics)、新的文学技巧(techniques)和新的地方性知识(local knowledge)等，是文学变迁重要的推动力量。翻译文学在译语文学系统中的地位有两种情况：一是占据主要地位，提出的多元系统论(polysystem)的伊文-佐哈尔(Even-Zohar)认为翻译文学占据主要地位的文学系统具有如下特征：

> （1）当多元系统尚未定型，也就是文学刚起步，或者还处于确立的时期时；（2）当文学处于"边缘"或者"赢弱"的时期，或者两者兼而有之之时；（3）当文学处于转折期，处于某种危机和真空中时。①

也就是基本上在一个文学系统还没有稳定下来的时候，自身的身份、定位、认同尚未有效建立的时候，某种对其他文学系统的形式与内容的借鉴就是必要的。另外一个文学系统处于刚起步阶段，还有很多空白和缝隙的时候，那么必然有一些特殊的文学形式作为暂时的补充，这些都是翻译文学大显身手的时候。

二是翻译文学处于次要地位，这也是最为常见的情况，翻译文学是一个较为成熟系统的边缘系统，那么它对中心文学系统的影响就没有那么大，甚至成为"一个保守的因素，保留传统的形式，与目标系统的文学规范保持一致"②。而译者在翻译策略的选取上也取决于翻译文学在多元系统中所占的地位：占据主要地位时，则不会受制于目标语的文学模式，更愿意突破常规，用充分性翻译(adequate translation，AT)产生一种新的原语言模式；而占据次要地位时，译者往往采用目标文化模式，用翻译的"不充分性"

---

① Itamar Even-Zohar. *The Position of translated literature within the literary polysystem*, Literature and Translation. Leuven：ACCO, 1978, pp117-127.
② ［英］杰里米·芒迪：《翻译学导论》，李德凤译，商务印书馆2007年版，第155页。

（non-adequate）换取"可接受性"（acceptable）①。翻译策略与翻译文学地位密切相关的观念对我们研究非母语写作意义重大，因为如果承认了非母语写作具有翻译的性质，那么它的写作策略（也就是翻译策略）就受制于非母语写作在译语文学中的地位。虽然多元系统论在定义什么是"边缘"或"羸弱"时并没有一个统一的标准，"同样的问题在处理少数/多数这一对术语时也存在"②，但我们所研究的对象——少数民族作家的非母语写作显然没有在译语文化系统中处在一个主流和中心的地位，那么它的写作策略往往是以"可接受性"为标准的。

更为重要的是，非母语作者的身份往往使我们混淆它的译出和译入性。非母语作者民族身份常使我们误认为它是译出的，只是一种单纯的文学传播过程，相对而言，译出过程比译入过程受译语文化影响要小得多。但实际上，非母语作品是不能直接（除非再经过翻译）在母语系统中流传的，它更是立足于译语文化的译入过程。在很大程度上（当然不是全部），它受到译语文化的诗学形态、意识形态影响，以"可接受性"为标准满足译语文化读者的阅读期待，对译语文化产生能动的影响。这种翻译/写作必须移情于译语文化读者，翻译/写作者的眼光也从"文化持有者内部"转移到"文化持有者外部"。

由此写作所要传达的民族本真性就受到质疑。因为它是受译语文化过滤的，容易沦为一种"景观化"的展示。也就是"站在历史和文化之外，为了市场及其他目的，随意把历史文化书写成可供观赏、消费的景致"③。或者创造出一种"伪俗"（fakelore）的东西，也就是伪造的民俗。那么在作品中展现的形象也就类似于梅米

---

① ［英］杰里米·芒迪：《翻译学导论》，李德凤译，商务印书馆 2007 年版，第 155—160 页。
② Susan Bassnett. *The Translation Turn in Culture Studies*. In: *Constructing Cultures*. Multilingual Matters Ltd., 1998, p127.
③ 刘俐俐：《民族文学与文学性问题》，《民族文学研究》2005 年第 2 期。

(Albert Memmi)所说的"迷思塑像"①（mythical portrait）：资产阶级塑造了无产阶级的形象，殖民者塑造了受殖者的形象，同样，译语读者（通常是主流民族读者）也塑造了源语文化（少数民族文化）的形象。比如在我国多元一体民族格局中，虽然民族误读的部分并不太多，但非母语写作的很多艺术形象仍有程式化（比如少数民族形象通常是神秘的，这符合主流民族对少数民族一般而表层的印象）之嫌。

其实不论是译出还是译入都是同一翻译过程的不同表述形式，但它们的角度不同，功能各异。非母语写作作为一种翻译的特殊性存在，使得人们往往将其视为译出，这样就遮蔽了非母语写作所受译语文化的制约。

第五节 "发明"与创造：辩证看待少数民族非母语写作的翻译性

既然非母语写作是一种自我翻译形式，那么在民族文学的非母语写作中能否准确地表述出文学中的文学性和民族性呢？翻译是否忠实取决于译者对两种语言的掌握程度和这两种语言在内容表达上的细微差别。在非母语写作中，原文的缺失使得作品文学性的表达完全取决于作者对非母语的熟练程度，大多数的非母语作家都不存在这个问题，像玛拉沁夫、李陀、艾克拜尔·米吉提、多杰才旦、扎西达娃、乌热尔图、阿来等少数民族非母语作家对汉语的掌握程度让人叹为观止，他们的非母语作品在文学性表达的充分性上没有任何问题，非母语的身份反而为他们提供了崭新的写

---

① ［法］梅米：《殖民者与受殖者》，见许宝强、罗永生编《解殖与民族主义》，中央编译出版社 2004 年版，第 33—59 页。

作角度和卓越的语言改造能力。问题在于民族文学的非母语写作能否本真地表述文学的民族性？非母语写作在体现文学全球化和民族交流融合的同时，是否也会暴露出非母语表达的局限性？

这种局限性并不在于写作本身（就像前文所说非母语写作文学性的表达不成问题），而是在于非母语写作所体现的翻译性质。翻译是"一种差异游戏，是在自我与他者、同一性与位移之间的一种差异游戏"①，它所转换的绝不是意义的整体，而是意义的碎片。有些内容不会在重复中丧失，它们通过重复产生差异，再通过差异产生意义的流通场所。但有些语言中的要素就在重复中丢失了，它们是一些入微的表达（nuance），比如"异国情调"和"地方特色"。正因为如此，在非母语写作中，会增生一些原文（表现为作者原意）所没有的东西，而一些民族性的内容也会在这种翻译/写作过程中丢失掉，翻译中原文和译文的不对称性是非母语写作不能克服的难题。

对"原著"精确的观念阻碍了翻译理论对于翻译力量的思考。也就是说将翻译限制在文学（或者文字学）内部去讨论问题，肯定会忽视翻译的意识形态性。翻译从来不是简单的符码转换，就像"欧洲在亚洲和非洲的传教士最早强调了翻译的重要性，并且为许多亚洲和非洲语言准备了双语词典，这些词典不仅供他们自己的工作人员使用，也供商人和行政官员使用"②。翻译不单纯为了一种语言上的互通性，相伴随的还有文化甚至政治经济上的目的。

其次，除去语言上的翻译性限制。非母语写作的作家进行跨文化的写作，还需要一种概念框架去定义民族文化的各个成分，在这个框架之中，"所有词语都能轻而易举地翻译成分析性（通常是

---

① 陈永国：《翻译的文化政治》，《文艺研究》2004 年第 5 期。
② ［美］德佳斯威尼·尼朗佳纳：《表述文本和文化：翻译研究和人类学》，张京媛主编《后殖民理论与文化批评》，北京大学出版社 1999 年版。

普遍性的)范畴"①，这也就是欧阳桢(Eugene Chen Eoyang)所说的
"伪普遍性"。类似于符号学中的"双重分节"(Double Articulation)
概念——能指和所指的分节，使得能指转换后对应所指发生相应
变化，就像英语很难表述出汉语中众多的"马"的概念，汉语也很难
将因纽特人几十种"雪"的概念表述清楚。因而在翻译中，只是做
了能指(语言)的转换，而无法完成根植在语言背后的思维方式、价
值体系的完全转化。这一矛盾是不存在完美翻译的根源。而在作
为翻译非母语写作中，作者同样用"伪普遍性"的概念去代替了地
方性知识，这种"伪普遍性"通常建立在译语文化的基础之上，它是
不可逆的，是不能从源语文化出发的普遍性。

最后，作为翻译的非母语写作显然不是简单的符码转换过程，
它们通过这种翻译/写作过程在非母语语境下创造和"发明"了本
民族。不管非母语能在多大程度上模仿本民族，很显然，不同非母
语作家作品之间的相似性要大于其作品和本民族的相似性。就像
乔治·斯坦纳(George Steiner)在《巴别塔之后》②(*After Babel:
Aspects of Language and Translation*)中所说，诸如庞德和韦理
的译作，他们用翻译"发明了"中国，由此将汉语翻译成欧洲语言的
众多作品沿袭了这一传统惯例，它们彼此的相似超过了与中文文
本相似的程度。

自我翻译者面临着同样的境遇，他们用写作/翻译"创造"了本
民族，成为本民族的代言人。而在这个过程中，他们调动很多的文
学手段：虚构、夸张以及各种修辞方法，不可否认，他们怀有对本
民族深切的感情和宣扬民族文学的迫切愿望，但一方面，他们成功
塑造和"发明"了民族，另一方面似乎又疏离了最本真的民族，出现

---

① ［美］德佳斯威尼·尼朗佳纳：《表述文本和文化：翻译研究和人类学》，张京媛主
编《后殖民理论与文化批评》，北京大学出版社 1999 年版。
② 《翻译理论研究》为《巴别塔之后》节译本，庄绎传译，中国对外翻译出版公司 1987
年版。

了文本的"景观化"。

可见，作为特殊翻译形态的非母语写作在语言上受不对称性制约，在概念上受到"伪普遍性"的影响。在实现语言转换的同时，虽然作品描述的民族经验、体现的民族精神远比异民族的民族志研究者或者异民族描写本民族作品真切得多，但还是有着或多或少的问题，与本真的民族之间存在着一些距离。

当然，在少数民族作家的非母语写作实践中，情况可能远比我们讨论的复杂得多。这些非母语作者并非没有这些自觉的意识，相反，他们或多或少对这一语言问题及其背后的文化问题有着各种各样的反思和讨论。非母语作者很大程度上试图摆脱非母语也就是文化翻译中的译语的文化影响，找寻某种写作策略宣扬本民族文化和民族精神。某种程度上，处于互文化性地带的非母语作者，也并非被动地对两种文化进行转换和协调，而是能动地创造出新的文化形式和文化内容。①

首先，就像有学者提出的，这些作家的作品往往既超脱本民族固定的传统模式，同时又对这些文化记忆挥之不去，处于一种阈限空间之中。因此出现在他们作品中的描写往往就是一种有着混杂成分的"第三种经历"（比如在海外作家作品中尤为明显）。就像霍米巴巴所说的"第三空间"（Third space），它不只是对立文化之外的第三者，也不只是调停两种文化的中间性，而是一种互渗的状态。将自身置于"第三空间"之中，就是把自己放在具有差异性的界限位置。当然"第三空间"更多是后殖民主义术语，对少数民族作家非母语写作的研究并没有直接的作用，少数民族作家处于完全不同的社会状况之中，但它对一种文化间性的描述值得我们重视，也即存在一个不是非此即彼的"第三空间"，"第三空间"是某种文化间性的场域，是一种融合与协调发生之所，也是某种新创造力

———————————

① 段峰：《文化视野下文学翻译主体性研究》，四川大学出版社 2008 年版，第 153 页。

的根源。这和非母语写作的某种间性特质是吻合的，解释了非母语写作作为"第三空间"的创作形态价值所在，它提供了一些与人类存在共命的认知世界的可能性，更加符合中华民族各民族共生共荣的历史事实。

类似的概念还有德里克（Arif Dirlik）所说的"接触区"（contact area），文化总是具有这样一些互相接触和交流的区域，在接触区内，支配性的西方文化会受到东方文化的不自觉影响，而被支配的东方文化其实可以在不同程度上决定自己对西方文化的吸取①。也就是接触区中既发生着民族的作用力，也发生着反作用力。而这种双向作用的典型文本手段就是所谓的"边界写作"（Boundary Writing），"边界写作"可以说是非母语写作的另一种表述形式，也就是具有多重文化身份或多种语言表述能力的作家或诗人，以主流语言文字进行创作，以期传达一种处于边缘的"小"社会与"小"传统的地方知识和文化特质；同时立足于"边缘化"的写作优势去高度关注人类共享的生命体验，在"跨文化"的视野中实现个体的自我价值。

"边界写作"的第一个特征就是对"民族寓言"（national allegory）的重构，"边界写作"超越了詹姆逊所说的"民族寓言"，从而跨越了第一世界和第三世界的文化边界，所谓纯粹的第三世界作为"民族寓言"的文学愈发地不可能，而代之以"多元"和"混杂"的"边界写作"形式。"边界写作"反映了经济/文化全球化背景下"第三世界文学"在主题上的重大变化——从"抵抗"转向"调和"，从对现代性的追求转向后现代的"拼贴"与"杂糅"。换言之，"民族寓言"突出的是追求同质化的民族身份/认同的现代性诉求，而"边界写作"对"民族寓言"进行了解构和"戏拟"，强调的是超越"民族—国家"的多重位置性和异质性。

---

① 赵稀方：《后殖民理论》，北京大学出版社 2009 年版，第 170 页。

而"边界写作"的第二个特征便是语言的"非领地化"。作家通过双语的资源，充分利用"大""小"语言之间的"非领地化"（deterritorialization）和"重新领地化"（reterritorialization）来进行文学语言上的试验和创新。在文化的"接触区"里创造一种新的言说方式。①

非母语写作正是这种"边界写作"的表现，处于"接触区"的"第三者"才最有创造力，才最能够同时引起本民族和定居地读者的共鸣，或者实现一种局部的"微型认同"（micro-identities），它本身体现了文化上的全球化进程所带来的文化的多样性②。的确，非母语写作是对全球化的呼应，不论它是承认的、反思的甚至是抵抗的，但都预设了一个全球化的语境。"民族文学"同样也是全球化的结果，毕竟"民族文学"只是一个不稳定也没有获得广泛共识的概念集合，在具体书写时，必须回到具体的各民族语境中去：藏族文学也好，彝族文学也好，蒙古族文学也好，都是建立在全球语境中的，是在他者民族的文学系统映照下的划分。因而相对应地，"民族文学"也是对地方性的强调。"全球化"同样也包含着一种文化多元主义的概念，它不只趋向同质化，反而在各种流动与断裂中产生某种异质性。全球化同样带来了地方性。③ 那么非母语写作在全球化语境中，也部分输出了地方性要素，以期获得本民族文学的认同。这也是非母语写作的积极作用之一。

其次，非母语写作作为翻译同样是一种再现文本，创造知识乃至权力的行为。它不单是展示统一的异国他者（Other）的窗口，它本身就是结构，进行翻译的过程就是收集、创造新信息（new

---

① 史安斌：《"边界写作"与"第三空间"的构建：扎西达娃和拉什迪的跨文化"对话"》，《民族文学研究》，2005 年第 3 期。
② 王宁：《流散文学与文化身份认同》，《社会科学》2006 年第 11 期。
③ ［美］阿尔君·阿帕杜莱：《全球文化经济中的断裂与差异》，见汪晖、陈燕谷编《文化与公共性》，生活·读书·新知三联书店 1998 年版，第 527—543 页。

information)的过程,这些信息会成为有力的政治目的①。特别是类似"异化"(foreigniaztion)的翻译策略,非母语作品同译语文学规范保持一定距离,在作品中注入异质性,就要求作者不依附于译语文化的价值观、语言方式和叙事规范,以非透明、非流畅形式写作,尽量使自身得到"显形"(visible)。就像施莱尔马赫所说的"尽量让作者安居不动,使读者靠近作者"②。而译者摆脱"隐形"(invisibility)、作者得到展示,突出表现在非母语写作特别是少数民族文学非母语写作中的,便是人称叙事的广泛使用,不论是第一人称还是第三人称,都使叙述者人格化和角色化,从而通过叙述者见证的亲历性和真实性引导读者认同作者所要传达的价值观念、文学态度和审美标准。就像作为第一人称的叙述主体和体验主体往往在这些作品中有着特殊的使用,隐含着某种时间的变迁和文化记忆的印刻,以及在时序变迁中的成长、变化和反思。张承志在《黑骏马》中所使用的第一人称叙事,就被一分为二,"就是被追忆的'白音宝力格'和追忆往事的'白音宝力格'。追忆往事的'我'的所知肯定要多于被追忆的'我'的所知。就是说,追忆时的'我'所知的会覆盖被追忆的'我'的所知。作为叙述主体,白音宝力格的眼光是属于'话语'层,而他所叙述的少年和青年时代往事时(作为体验主体)的眼光则属于故事层。白音宝力格的叙述声音是现在的,眼光是双重的。双重眼光的差异构成两个时空的对话。白音宝力格回到草原来寻找什么? 既有他叙述出来的过去时空发生的事情作为基本依托,同时也有回忆主体心灵世界的耐人琢磨的特性而发生某种程度的游移。或者说,'寻找什么'这个询问,既是叙述主体的游移不易把握而形成的,同时也成为作品审美接受史贯

---

① ［美］埃德温·根茨勒:《翻译、后结构主义与权力》,见陈永国编《翻译与后现代性》,中国人民大学出版社 2005 年版,第 140 页。
② ［英］杰里米·芒迪:《翻译学导论》,李德凤译,商务印书馆 2007 年版,第 208 页。

穿始终的灵魂"①。

第六节　单数与复数：少数民族
非母语写作的语言策略

非母语写作中的"异化"策略同样能够达到摆脱译语支配的目的，同样"意味着通过破坏目标语中固有的文化代码来获取文本的异质性"②，"异化"写作和翻译都是一种"反抗"（resistancy），也是一种"弱势化"（minoritizing）翻译方法，正如韦努蒂所说的："好的翻译是弱势化的，通过培养异质性的话语，使标准语言和文学标准向不同于自己的、不标准的和边缘化的成分开放，从而释放'其余成分'。"③而所谓的"其余成分"（remainder），也就是一种"语言剩余"，在语言学领域中，莱瑟科尔（Lecercl）认为这种"语言剩余"就是占主导地位的标准方言支配着其他地域方言变体，也就是现行标准方言在音韵、词汇及句法方面的一系列可能的变体，它包括地区方言、社会方言、行话、古语、俚语、新词和外来语等语言变体。一方面标准方言崇尚同质性，排除或压制非标准形式，限制非标准形式的使用场合，但这种"其余成分"和"语言剩余"恰恰相反，它强调语言的异质性，呼吁人们关注交际行为产生的语言、文化和社会环境。韦努蒂指出，"语言剩余超越以交流和指称为取向的透明语言，可能以不同的暴力程度阻碍透明语言的应用"④。换言之，语

① 刘俐俐：《民族文学与文学性问题》，《民族文学研究》2005 年第 2 期。
② Lawrence Venuti. *The Translator's Invisibility*, London and New York：Routledge，1995，p20.
③ Lawrence Venuti. *The Scandals of Translation: Towards an Ethics of Difference*, London and New York：Routledge, 1998, p11.
④ Lawrence Venuti. *The Translator's Invisibility*, London and New York：Routledge，1995，p216.

言剩余有助于凸显语言的不透明性，这种有意识的凸显，能把语言本身及其背后的文化要素"前景化"，引起人们的注意和重视，进而把两种语言背后不同的价值观区分开来。

对于"语言剩余"的使用策略，会充分释放语言及文化的边缘活力，作为一种语言的变量，成为文本的动能。当然"语言剩余"仍然是同一种语言系统的不同部分，在翻译中的"语言剩余"同样也是植根于译语文化之中的非标准素材，只是使用某种方式将文本转译为译语文化读者能理解但又感到新奇的形式，进而某种程度上有效弥合"异化"和"归化"两种不同的翻译策略。而在非母语写作中，也常常利用非母语语言中本身所包含的"多样性"（multiplicity）和"多时性"（polychrony），用主要语言的边缘成分来描述不被人所知的小众语言。这样既获得了充分的可理解性，也获得了对非母语有限的偏离。

新疆维吾尔族作家阿拉提·阿斯木在接受今日美术馆"刘小东在和田"艺术项目的采访时曾谈到自己的创作过程："我用汉语写作时，我的思维是交叉的，有汉语的，也有维吾尔语的。有些表达，我用汉语表达非常简单的，如果我用维吾尔语表达就会微妙一些，比较有意思点儿。有些表达，我用维吾尔语表达比较直接、比较简单，我就用汉语寻找更恰当的表达。有时候，我是把维吾尔语、汉语的表达形式糅到一块儿。既有汉语思维，又有维吾尔语思维，再加上我自己独特的一种表现形式。"[1]比如阿拉提·阿斯木写过这样的句子："时间语重心长地照耀我们"，这种表达在维吾尔语的书写中是没有的，在汉语里也是没有的，但作者把两种语言表达形式结合在一起时，加上自己的一种认识、思考，变成了一种独特的表达，也丰富了汉语的语言形式。作家说："我就想让语言形式、故事内容的表达有一些意思，在有意思的基础上，在表达上更

---

[1] 阿拉提·阿斯木、黄振伟：《地域化、全球化和双语写作》，http：//www.chutzpahmagazine.com.cn/CnVideoDetails.aspx?id＝333。

丰满，在丰满的基础上，达到一种比较遥远的效果，不要让表达离人很近。要让表达远离我们的认识，能让我们多思考——为什么是这样的？如果我们认识得太容易，我想这可能失去了文学存在的价值。我想，把两种文化的同与不同，或者两者都不存在的一种表现形式，糅合在一起。"①大多数少数民族的非母语写作都会有这种语言上的创造，通过某种"语言剩余"的形式，或者某种新的语言创造，塑造出非母语系统中的"陌生化"效果，从而实现对非母语的改造，变得更加多元和丰富。

在中国古代文学史上也不乏这样的例子，元代的杨维桢曾说："宫词，诗家之大香奁也，不许村学究语。为本朝宫词者多矣，或拘于用典故，又或拘于用国语，皆损诗体。"②这里的"国语"指的就是元代的蒙古语，虽然当时汉人诗歌的传统并不主张"国语"入诗，但当时客观上诗歌中的蒙古语为数不少。而在今天看来，正是这些汉语中的少数民族外来语，丰富了汉语的范围，拓宽了汉语诗歌的边界，也成为元诗重要的特色。

非母语写作通过某种"异化"的写作策略以期获得认同和承认。同时，我们也应该注意到的是，这种完全的"异化"写作只是一种理论上的可能性，在实际的创作中只能部分地实现。因为"异化"和"归化"本身就是主观和相对的术语，即使抱有"异化"的目的，在原文进入目的语之后，仍要依赖于目的语文化中的主导价值，才能显现出译文对原文的异化③。也就是说"异化"总是有限的。

最后，非母语写作最为明显的积极效果就在于它对译语即非母语的改造，即使对地方性知识受到非母语文化过滤，其对非母语

---

① 阿拉提·阿斯木、黄振伟《地域化、全球化和双语写作》，http：//www.chutzpahmagazine.com.cn/CnVideoDetails.aspx?id＝333。
② 杨维桢：《宫词序》,《铁崖先生复古诗集》卷四,四部丛刊本。
③ [英] 杰里米·芒迪：《翻译学导论》,李德凤译,商务印书馆 2007 年版,第 210 页。

语言本身的改造同样能够实现。虽然这种改造也很难改变语言背后的意识形态和文化要素，但这种影响是长期和潜移默化的。就像外来语对语言的改造一样，非母语写作通常都为非母语语言注入了异质性，并随着作品影响力的增大持续地作用于非母语。在全球化过程中，各地对英语的广泛使用导致了英语的裂变：从一种女王的"英语"、大写的英语（English）演变为世界性且带有各民族和地区口音和语法规则的复数的"英语"、小写的英语（englishes）。比尔·阿希克洛夫特（Bill Ashcroft）等人撰写的《逆写帝国：后殖民文学的理论与实践》（*The Empire Writes Back: Theory and Practice in Post-Colonial Literatures*）中就对英语的重置给出了方法论上的建议。也就是用地方性的小写的英语来代替欧洲中心的大写的英语（English）。就地方性英语写作而言，它可以分为两个过程：一是对中心英语特权的背弃和否定，以此抵制在书写交流上的西方大都市权力；二是对中心英语的挪用和再造，它意味着与殖民权力的脱离①。

至于对大写英语改造的书写策略如下。

1. 弃用：也就是拒绝帝国文化的类别，包括其美学，其规范性或"正确"用法（correct usage）的虚假标准，及其"嵌入"（inscribed）于文字的传统及固定意义的假设。

2. 挪用：也就是语言被拿来使用，以承受一己文化经验的重担（bear the burden）的过程。

3. 颠覆：意味着使用一种语言，同时又企图拒斥它似乎提供以构设世界的特定方式，努力"解构"大写英语的权力结构。

4. 语言变种：在该"变生"的过程（process of becoming）里，地方英语借着坚称其与中心的对立，及持续地质疑"标准"（standard）的支配性，把自身建设为对比的或对抗的论述（contrastive or counter

---

① 赵稀方：《后殖民理论》，北京大学出版社 2009 年版，第 181 页。

discourse）。同一时间，也就是，作为"衍生"于中央英语的地方英语，把自己建设为独特的及个别的。

5. 旁喻：对于文本而言，阅读作旁喻更佳，这样才能使文本病征化（symptomatizes），阅读超越文本的社会、文化及政治力量的特色。

6. 借代（synecdoche）：旁喻修辞的具体形式，展示出语言变易的动力，如何被有意识地包括于文本之中。

7. 援引：在后殖民文本中，发挥登记文化距离的作用，视文本自身为援引，提供必要的脉络。援引的过程置入了语言距离本身，作为文本的主体。在跨文化文本中，该"间隙"（gap）的保持，对于其种族上的作用，有着深广的重要性。

8. 注解：个别词语的括引翻译，是跨文化文本中，最为明显及最为常见的作者入侵，虽然并不局限于跨文化的文本，这些注解依然前景化了文化距离的持续现象。

9. 未被翻译的词语：选择性地忠于地方用语，在文本中留下没有被翻译的词语的技巧，是传达文化区别性的意念时更广为使用的技法；该技法不仅示意文化之间的不同，同时亦显示了话语在诠释文化概念时的重要性。

10. 交互语言（inter-language）：未经翻译的词语，用作交接面的符号，企图借着两种语言，语言结构上的融合，而产生"交互文化"（inter-culture）。

11. 新语主义（neologisms）：介乎语言及文化空间的共同伸展性（coextensivity）的重要符号，亦是地方英语变种分外发展上的重要特色。在地方英语文本中，成功的新语主义强调了词语并不体现文化精粹，因为在地方英语中，新的词性形式的创造，也许产生于母语的语言学结构。其成功在于其在文本中的作用，而不是语言学上的本源。

12. 语码转换（code-switching）与土语音译：多语作家所用的

技巧,包括使口语更为可及的变动的串字法、双重注释及语码转换,作为互相交织的诠释模式,及文本内某些维持不作翻译的词语的选择。所有这些皆是在写作中加进文化特性的常见方式①。

而这些改造语言的文本策略,对民族作家的非母语写作是意义重大的。在中国的语境中,与英语重置情况相类似,包括海外华文文学、民族作家的非母语写作在内的书写形式的发展使汉语经历着同样的过程,从中国区域范围内使用的"汉语"(Chinese)变成了世界性的"汉文"或"华文"(chineses)②。

就具体的语言策略而言,有显性和隐性之分,显性的如"对俗语、谚语、和口头语的使用,带有民族文化色彩的比喻等。玛拉沁夫的《茫茫的草原》中就充满了蒙古族的俗语、谚语和比喻句。这些语言以其民族文化色彩浓厚,易于传达作家的民族认同感"③。隐形的语言策略则包含了非母语中"语言剩余"的使用,语言"陌生化"效果的修辞,对标准语言的偏离,以及置换文化语境的语言空心化表达等。典型的如阿来曾经说的:"汉族人写下月亮两个字,就受到很多的文化暗示,嫦娥啊,李白啊,苏东坡啊,而我写下月亮两个字,就没有这种暗示,只有来自自然界的这个事物本身的映像,而且只与青藏高原这样一个特殊的地理天文景观相联系,我在天安门上看到月亮升起来了,心里却还是那轮以本民族神话中男神或女神命名的皎洁雪峰旁升起的比从地球上任何一个地方看上去,都大,都亮,都安详而空虚的月亮。"④对于少数民族作家的非母语写作而言,非母语其实更是一种书写符号使用的选择,某种程度上,在使用非母语的时候,至少对于作家而言,是一种将非母语

① ［澳］比尔·阿希克洛夫特等:《逆写帝国:后殖民文学的理论与实践》,刘自荃译,香港骆驼出版社1998年版,第47—79页。
② 王宁:《文化翻译与经典阐释》,中华书局2006年版,第89—90页。
③ 樊义红:《文学的民族认同特性及其文学性生成》,中国社会科学出版社2016年版,第48页。
④ 阿来:《汉语:多元文化共建的公共语言》,《当代文坛》2006年第1期。

能指和所指拆散，然后重新在文本中实现意指化的过程。

　　民族作家非母语写作或多或少都促进了非母语的裂变，从单数的语言变为复数的语言，从单一的文化变为多元的文化，更加凸显了各民族共生共荣的关系，这无疑是有着积极的意义的。

第三章　少数民族作家非母语写作背后的"文学"概念

第一节　镜鉴："大写的"文学与"小写的"文学

少数民族作家的非母语写作,除最为典型的语言使用上存在某种"翻译"和转换之外,其实对于"文学"这一特殊形式,也存在一种跨文化的接受和理解。

首先,我们确定就是所谓的"文学"(Literature)是一个西方的概念,并不是说中国或者其他地区不存在"文学"样式或者"文学"内容,文学本身显然是一个世界范围内的社会和文本事实。我们在这里说的是中国现代文学中的"文学"概念是从西方引进的,或者换言之,这是一种"大写的"文学形态,它是被建构的产物,中国自古至今一直存在的是中国特有的、民族的、地方性的"小写的"文学。但我们一般意义上所谓的"文学",包括我们一直所谈的"少数民族文学"都是现代学科建构的产物。"大写的"文学随着西方早期的殖民扩张和后来的全球化运动,被不断从中心向边缘转移和输出。中国对"大写的"文学的接受要追溯到清末民初,而少数民族对"大写"文学的接受则要从 20 世纪 70 年代少数民族文学学科被建构起来算起。

其次，Literature（文学）是一个现代的概念，英语语境中的 literature 最早出现在 14 世纪，大意是"通过阅读所得到的高雅知识"。它最为接近的词源是法语的 *littérature*，拉丁文 *litteratura* 词义也大致相同。Literature 的词源最早可追溯到拉丁文 *littera*，也就是指 letter（字母）。一直到 18 世纪，literature 作为"知识"的早期含义仍然被广泛使用。也就是从 18 世纪开始，literature 包括 literary 的词义被逐渐扩大。literature 和 literary 在这些新的意涵中，所指仍然是书本和著作，它们仍然会被归到"高雅知识"的类别之中，而不是属于特别种类的著作。"高雅知识"的范畴中的所有作品被视为 literature，而所有和这些兴趣与写作有关的，就被视为 literary。

而诸如 English Literature（英国文学）这类与国家（民族—国家）或者民族连用的说法，最早恐怕来源于 1770 年左右德国的 *nationallitteratur*（国家文学或民族文学）的概念。而其背后的"一个国家"拥有"一种文学"的逻辑意涵，则"标示出一个重要的社会、文化发展，也许也标示出一个重要的政治发展"。[①] 也就是现代民族主义的出现和对民族—国家的追求。

Literature 现代词义的发展是和 art（艺术）、aethetic（美学的）、creative（具有创意的）、imaginative（具有想象力的）交织在一起的，并呈现出复杂的意涵，同样它"标示出社会、文化史的一项重大变化"。Literature 的词义随着中世纪印刷术的普及和"阅读技巧""书籍特质"等意涵区分开来，虽然"学问、知识"的意涵、文法与修辞的技巧仍然包含在 literature 的词义之中，但 literature 又在口头和书面的区分中表现出复杂性。当然在浪漫主义中，literature 也被归类为"具有想象力的作品"。在"前文学"（preliterature）时期，描述文学现象的 poetry（诗艺）完全占据了现代 literature 所占

---

① ［英］雷蒙·威廉斯：《关键词》，刘建基译，生活·读书·新知三联书店 2005 年版，第 271 页。

据的地位①,但到了 17 世纪,poetry(诗艺)渐渐被局限在"具有格律的创作"的语义之中,并将其和 Prose(散文)对立起来。而"也许就是这一种将 poetry 的意涵局限在 verse,以及 prose 的形式日益重要——例如,小说——literature 才变成一个最为普遍通用的词"②。

17 世纪中叶,literature 的意涵被确定下来,*belles letters*(纯文学)这个法文词汇被发展起来,以限制 *literature* 的范畴。19 世纪时,literature 基本沿用了上述的意涵,只是将 speaking(演说)排除在外了。而到了近现代,由于不断出现的新的形式(比如口头的广播,甚至新媒体)的创造性作品,literature 和 literary 不断遭受到"书写"(writing)和"传播"(communication)概念的挑战,"书写"和"传播"试图恢复那些被狭义的 literature 所排除的普通意涵。这就造成了 literature 意涵的再度泛化,并被认为超越了边界,转变为一种弥漫的 literariness(文学性)。

对 literature(文学)概念进行知识考古学的梳理目的很简单,就是说明 literature 并不是一个本质的概念,它是被建构出来的。对此罗兰·巴特(Roland Barthes)有一段著名的概括:文学就是那些被教授的东西。我们当然不是要去解构文学本身,而是借以阐明 literature(同样也包括中文的"文学")是一个现代概念。也就是说虽然"文学现象是从远古以来就已经存在了的,而文学的概念却并非如此"③。所以我们用 literature(文学)来涵盖那些"前文学"(preliterature)时期的作品,多少有些内涵和外延的错位。就像上文已经分析的那样,在"前文学"时期,在西方语境下描述这些

---

① ［英］威德森:《现代西方文学观念简史》,钱竞等译,北京大学出版社 2006 年版,第 26 页。
② ［英］雷蒙·威廉斯:《关键词》,刘建基译,生活·读书·新知三联书店 2005 年版,第 273 页。
③ ［英］威德森:《现代西方文学观念简史》,钱竞等译,北京大学出版社 2006 年版,第 26 页。

文学现象是 poetry(诗艺)的范畴。在西方公元前 6 世纪就出现了
《伊索寓言》、埃斯库罗斯、索福克勒斯与欧里庇得斯的戏剧；在中
国的西周至春秋战国时期，就出现了诸如《诗经》《楚辞》和诸子散
文之类的文学现象；甚至还可以追溯到公元前 3000 年苏美尔人的
史诗，公元前 2000 年古埃及、印度的诗歌等。但它们只是作为被
学术史回溯的具有"文学"要素的文化现象而存在，与现代的
literature(文学)概念有着根本的不同。

对 literature(文学)这种现代概念，英国著名学者威德森
(Peter Widdowson)提供了一个有益的分析框架。他区分了"大写
的文学"(Literature)和"小写的文学"(literature)概念，并且对这
种现象总结道："早在欧洲语言里第一次出现'文学'这个词之前，
'文学'(小写的)已经出现在许多民族语言中了，也拥有了许许多
多的样式。"这些"小写的文学"在他看来，包括了维吉尔的《牧歌》
和史诗《伊尼德》，奥维德的《爱情诗》和《变形记》，冰岛和挪威的史
诗"埃达"和"萨迦"，盎格鲁-撒克逊史诗《贝奥武甫》，日耳曼史诗
《尼伯龙根之歌》，洛利斯(Lorris)的《玫瑰传奇》，但丁的《神曲》和
《新生》，薄伽丘的《十日谈》以及乔叟的《坎特伯雷故事集》等。这
些作品当然都被认为是具有"文学性"的，但它们并不能被认为构
成了"大写的文学"，literature(文学)作为被赋予某些现代意义而
出现在英语世界中，也就是上文所说的 14 世纪，初创者便是乔叟
(Geoffrey Chaucer)关于英国"民族文学"的论述。

这样，Literature(文学)在 14 世纪获得了它在《牛津英语词
典》中的第一层意义，也就是"有教养或合乎人道的学问"；在 18 世
纪末，又获得了第二层的意义：专业或学识领域；而到了 19 世纪
初，浪漫主义才赋予了它第三层含义，接近于现代的"大写的文学"
概念。

在 literature(文学)概念的流变史中，还有一个值得我们注意
的现象便是"文学"怎样和"民族"联合在一起的。其实早在 1589

年,乔治·普腾汉姆(George Puttenham)就开始思考"民族"(同样,此处的"民族"也不是现代意义上的民族概念,或许套用威德森的说法是"小写的"民族)文学方面的问题了,他提出:"可能存在一种我们英语自己的诗艺,就像拉丁文和希腊文的诗歌艺术一样。"①

韦勒克(Rnné Wellek)曾在《比较文学的名称与实质》(*The Name and Nature of Comparative Literature*)一文中谈道:文学这个词在 1760 年代之前已经经历了一个双重过程,一个是"民族化"的过程,一个是"审美化"的过程②。

审美化和民族化在"文学"概念发展中颇为吊诡地同时出现:一方面 18 世纪后期开始,"文学"和"美学""审美经验""艺术"诸概念纠缠一起;另一方面,在 18 到 19 世纪的民族主义运动中,"文学"又被拿来作为"民族"的文本财富和理论依据,成为"民族"的典范文本。因而,被审美化的"文学"又"将自己当成了急剧衰落的宗教精神的替代物,而且,也将它看成是在迫切需要的建设中的一种构成因素,即在一个新的而且是异质的工业、都市、阶级社会的背景下能够凝聚民族意识、民族认同的建设中的构成因素"③。

所以用威德森的话说:民族语言是一种能将其"自身长处"组合起来的方式,在这个背景下,就出现了将杰出的有"创造性"的作品加以精选并据此视为民族财富的情况,然后,又通过典范化而成为"民族文学"④。这样"文学"的价值就不只在于它的"审美性",而同样被烙上了意识形态的印记。到了 19 世纪下半叶,"一个充分审美化了的、大写的'文学概念'"开始流行起来。但这种"大写

---

① [英]威德森:《现代西方文学观念简史》,钱竞等译,北京大学出版社 2006 年版,第 35 页。
② Rnné Wellek. *Discriminations: Further Concepts of Criticism*, New Haven and London: Yale University Press, 1970.
③ [英]威德森:《现代西方文学观念简史》,钱竞等译,北京大学出版社 2006 年版,第 37 页。
④ [英]威德森:《现代西方文学观念简史》,钱竞等译,北京大学出版社 2006 年版,第 37 页。

的"文学最为显著的特点，便是它和批评之间的关系。可以这样说，所谓的"大写的"文学正是批评塑造的结果。

> 正是文学批评选取、评估和提升了那些作品，而那些作品又同样地再被分配安置。也正是由文学批评或多或少明确地去测定那些作品的特色，那些构成了具有很高"文学价值"的特色。换句话说，所谓"文学"，其实是按照批评所设想的现象来制作的。①

显然这种观点充分阐明了"大写的"文学的建构特征，不像"小写的"文学可以独立于批评之外，"大写的"文学，那种具有很高文化价值，充分审美化的"文学"显然是现代学术的产物。自此《牛津英语词典》所说的"文学"的第三层意义被发明了出来，开创者便是维多利亚时代的诗人和批评家马修·阿诺德（Matthew Arnold，1822—1888）。

同样的过程也发生在中国的文学史之中，只是中国"大写的"文学并不是源发性的，而是一种舶来品。当然中国有着漫长的丰富而辉煌的"小写的"文学史：自远古神话传说始，《诗经》《楚辞》，两汉辞赋、乐府，魏晋南北朝的文人诗歌、骈文、志怪和轶事小说，唐代诗歌、骈文和散文、传奇，宋词及宋诗、话本，元曲及杂剧，明代章回小说和明传奇，清代小说及散文（这里的"小说"等概念并不是西方的现代意义上 fiction 或者 novel 的概念），共同构成了中国丰富的"小写的"文学生态。但对现代意义上"文学"的接受，只能追溯到 19 世纪末 20 世纪初。

中国对"大写的"文学的接受，在陈独秀的《文学革命论》中可见一斑，《文学革命论》开宗明义地就指出，"文化革命军"大旗上要

---

① ［英］威德森：《现代西方文学观念简史》，钱竞等译，北京大学出版社 2006 年版，第 38 页。

大书特书革命军的"三大主义",也就是:"曰,推倒雕琢的阿谀的贵族文学,建设平易的抒情的国民文学;曰,推倒陈腐的铺张的古典文学,建设新鲜的立诚的写实文学;曰,推倒迂晦的艰涩的山林文学,建设明了的通俗的社会文学。"并在文章的结尾处直接阐明对西方文学(也就是"大写的"文学)的拥抱:

> 欧洲文化,受赐于政治科学者固多,受赐于文学者亦不少。予爱卢梭、巴士特之法兰西,予尤爱虞哥、左喇之法兰西;予爱康德、赫克尔之德意志,予尤爱桂特郝、卜特曼之德意志;予爱倍根、达尔文之英吉利,予尤爱狄铿士、王尔德之英吉利。吾国文学豪杰之士,有自负为中国之虞哥、左喇、桂特郝、卜特曼、狄铿士、王尔德者乎?①

当然从晚清到五四时期,对西方文化制度的推崇和学习是有着特殊的历史原因的。在当时的白话文运动、国语运动乃至偏激的废除汉字运动之中,我们亦可看出当时面对"三千年未有之大变局"的中国是怎么探索不同的救亡图存的道路的。正是在这个过程中,中国传统"小写的"文学被西方文化和文学所影响和改造。西化成为当时中国社会与传统痼疾切割的方式,甚至有些壮士断腕的悲壮。特别是当时激进的废除汉字运动,但如果民族的语言形式都改变和丧失了,那么所谓"小写的"文学传统必然也随着衰落。这在当时的社会历史背景下,也是社会解决方案中的一种,不论是世界语的主张,还是国语的罗马字化方案,都试图从文字到文学再到文化全盘接受西方观念。钱玄同指出:"则欲废孔学,不可不先废汉文;欲驱除一般人之幼稚的野蛮的顽固的思想,尤不可不

---

① 发表于1917年2月1日《新青年》第二期。后收录于《独秀文存》,安徽人民出版社1987年版,第95—98页。

先废汉文。"①他称传统的汉字为"野蛮之旧字"，并认为它并不能
表达出现代"正确之知识"，原因有二："(1) 因国人的脑筋异常昏
乱，最喜瞎七搭八、穿凿附会一阵子，以显其学贯中西。(2) 中国
文字，字义极为含混，文法极不精密，本来只可代表古代幼稚之思
想，决不能代表 Lamark、Darwin 以来之新世界文明。"②而他所谓
"正确之知识"不过就是西方的知识和概念而已，他之所以得出这
个结论是因为他觉得用旧有汉字迻译西方概念时常常会和汉字本
意相混淆。这些主张在今天看来都有些幼稚和不合理，即使近代
科学本身也只是某种认识"范式"，但当时内外交困的社会环境使
得中国社会和学人不得不四处寻求自强的良方，一些极端化的提
案正是在这个背景下被提出的。

其实汉字拉丁化或者白话文运动的主张，都包含着一个共同
的前提，也即语音优于文字。白话文之所以重要，就是由于它能够
实现"我手写我口"，改变古代文言分离的状态。同样汉字的拉丁
化也是出于同样的考虑，而这不过就是提倡西方的理性的产物罢
了，用德里达的话来说，就是主张西方的"逻各斯中心主义"
(logoscentrism)，也就是语音中心主义③。

白话文运动在深层上是对西方理性"逻各斯"的接纳；而在表
层上，也是对西方"大写的"文学的借用，就像夏志清所言："早期的
社会改革者在提倡白话文的时候，从未想到要涉及文学的范围去，
而白话小说的作者，亦从不把自己的作品看做中国的正统文
学。"④正是鉴于对西方史的考察，胡适等学者显然找到了一条改
造中国"文学"的路径，因为这条路就是西方走过的，所以在这种线
性史中未来的效果是可以预期的。"正因为他(指胡适)甚至西方

① 钱玄同：《中国今后之文字问题》，《新青年》1918 年 4 月 15 日第四卷第四号。
② 钱玄同：《中国今后之文字问题》，《新青年》1918 年 4 月 15 日第四卷第四号。
③ 梁文道：《汉字、国家与天下》，《国学》2009 年第 6 期。
④ 夏志清：《中国现代小说史》，刘绍铭等译，香港中文大学出版社 2001 年版，第4页。

文学自但丁和乔叟以后,'国语文学'已成了主流;戏剧和小说也享受到崇高的地位,他才能给中国文学提供这样一种崭新的看法。同样地,在阐释中国思想史方面,胡适也借助了西方较为精密的一套哲学专门术语①。"

夏志清也敏锐地觉察到,相较于西方浪漫主义赋予"大写的"文学以现代含义,更多是在"审美化"方面用力,胡适等人的"文学革命"包含着更多文化和社会因素,也就是主张"民族化"的语义。

> 胡适之扬弃古文传统,在历史意义上与华茨华斯之摒绝德莱敦与波普、早期艾略特之非难浪漫主义诗人和维多利亚时代诗人差堪比拟。所不同者是胡适这种"厚今薄古"态度内涵着更多的文化和社会因素而已。②

他们所接受的"大写的"文学概念,背后更多的是一种强大的工具理性,而遗失了"文学"在西方的语境内涵,所以在更为直接的文学表现上,"中国新文学早期浪漫主义所表现出来的形式和思想,都是极为幼稚和浅薄的,这一点,后来的学者应该不难看出来。在这个文学运动中,没有像山姆·柯立基那样的人来指出想象力之重要;没有华茨华斯来向我们证实无所不在的神的存在;没有威廉·布雷克去探测人类心灵为善与为恶的无比能力。早期中国现代文学的浪漫作品是非常现世的,很少有在心理上或哲理上对人生作有深度的探讨。事实上,所谓'漫主义'也者,不过是社会改革者因着科学实证论(scientific positivism)之名而发出的一股除旧布新的破坏力量。"③

同时,20世纪初所接受的"大写的"文学,更是将与"民族"纠

---

① 夏志清:《中国现代小说史》,刘绍铭等译,香港中文大学出版社2001年版,第5页。
② 夏志清:《中国现代小说史》,刘绍铭等译,香港中文大学出版社2001年版,第6页。
③ 夏志清:《中国现代小说史》,刘绍铭等译,香港中文大学出版社2001年版,第13页。

缠在一起的"文学"概念的功用，发挥到了极致。正是"民族主义"
的勃兴，作家们更借"文学"之酒杯浇"民族"之块垒，他们大都坦陈
选择文艺为业的目的是要唤醒国人和塑造民族，至少在他们看来，
"文学在这方面是比科学和政治更有效的武器"。① 当时的学者对
西方所感之兴趣，思想为主，文艺为辅。正是这样，中国现代文学
（也就是所接受的"大写的"文学、普遍的文学观念）从一开始便具
有突出的社会功能。

　　同样在中国现代文学建立伊始，并不是所有的文学模式都被
纳入"大写的"文学中，以古典文学为基础的文言文写作（也就是中
国传统形式的"小写的"文学）在文学系统中同样存在，只是它的规
模和影响力日渐式微了。

第二节　间性：处在"大写的"与"小写的"
文学之间的少数民族文学

　　中国现代的"文学"（包括其中的"民族文学"）概念是在 19 世
纪末 20 世纪初的时候从西方引进过来的，这个时候被认为是中国
"大写的"文学肇始的原点。

　　回顾"大写的"文学概念的接受史，我们可以看到它和当时中
国风起云涌的民族救亡运动息息相关，"文学"成为改造旧的"天下
观"，树立新的"民族观"的最有利武器。

　　虽然"民族"（包括"民"和"族"）作为一个能指符号的出现在
中国已经有了上千年的历史，不论是李筌所著兵书《太白阴经》
（又名《神机制敌太白阴经》）的序言中最早出现的"民族"，还是
郑玄《礼记注疏》或是《南齐书》列传三十五《高逸传·顾欢》出现的

---

① 　夏志清：《中国现代小说史》，刘绍铭等译，香港中文大学出版社 2001 年版，第
　　17 页。

"民族"表述,都是这个符号的发展史,但它的变动的意指作用与普遍的所指意义相结合却也是近代的事情了。而这个意指过程,和中国被纳入近代范畴,用"民族—国家"改造"天下观",是重合同步的。

中国古人对世界的政治想象表现为一种"天下"的模式,更见出其缺乏国际对抗性,见出其完全不像国家。[①] 他们总是以"华夏"自居,自称"炎黄子孙",只有朝代而无国家或民族的思想。中国人所具有的是一种"王朝—国家"或者"天下—帝国"的观念。所谓的"天下"一方面把世界各国、各地都看作"王土",但另一方面又把"天下"限制在中原王朝疆域的范围,甚至只限于中原王朝的中心地区。地理学上的"天下所有的土地",心理学上的"得民心得天下",伦理学/政治学意义上的"世界一家(所谓四海一家)",即地理、心理和社会制度三位一体的、饱满的、完备的哲学理念。而在天下观中,只有远近亲疏之别,而无内外、异己之分,不存在异端的他者;是以礼相制的文化帝国,而非经济军事帝国;天下是一个为政治、经济和文化等各自独立的次单位所共享的世界制度;不以经济增长和管理效率为首,而是以生活的稳定性和社会的有效性为首,礼是国际关系的基本原则,法定的朝贡体系逐渐变为自愿的朝贡体系。[②]

这种"天下观"在中国存在了几千年,但到了明清之际,传统的"天下观"遭受了巨大的冲击,这种冲击是和西方列强强势入侵相伴始终的,这时国家(民族国家)的概念已经朦朦胧胧进入了人们的大脑之中。顾炎武就曾说:

> 有亡国者,有亡天下。亡国与亡天下奚辨? 曰:易姓改号,谓之亡国。仁义充塞,而至于率兽食人,人将相食,谓之亡

① 梁漱溟:《中国文化要义》,上海人民出版社 2005 年版,第 160 页。
② 赵汀阳:《天下体系:帝国与世界制度》,《世界哲学》2003 年第 5 期。

天下……是故知保天下，然后知保其国。保国者，其君其臣肉
食者谋之。保天下者，匹夫之贱，与有责焉耳矣。①

到了 19 世纪末 20 世纪初，西方军事和文化的入侵愈演愈烈，
中国的传统政体和传统思想在西方思想摧枯拉朽的作用下，呼啦
啦大厦将倾。作为文明的"天下"不可战胜的思想在此时变得毫无
意义。这时中国面临着一种新的征服，但应付它的办法仍然是老
一套。所以在世纪之交的时候，在许多有识之士看来，"中国正在
失去作为一种文化荣耀的'天下'之头衔，他们极力主张放弃那种
毫无希望的要求，通过变革文化价值来增强政治势力，并从作为
'天下'的中国的失败中取得作为'国'的中国的胜利"②。

这样，中国人从追求一种"文化主义"到追求"民族主义"，在思
想上开始了前所未有的反思活动。这一时期，严复的《天演论》传
递出一种世界民族之间互相竞争的族群理念，从而使国人意识到
内部"合群"的重要性。怎样去救亡图存是当时知识分子思考的首
要问题。中国面临几千年来未有之变局，知识分子难以在传统典
籍和思想中找到自救的办法，而将目光投向了西方和日本，投向了
未曾接触过的"民族"和"国家"的概念。

其实早在 1882 年，洋务派王韬在所撰之《洋务在用其所长》中
就说道："夫我中国乃天下至大之国也，幅员辽阔，民族繁殖，物产
饶富，苟能一旦发奋自雄，其坐致富强，天下当莫与颉颃。"从中隐
隐约约可辨识现代意义"民族"义素已经被附着在中国"民族"那个
古老的能指之上。但直接将西方的 nation 概念和中国的"民族"对
等起来，不得不提的则是梁启超。

当时，梁启超在社会弥漫的"保种""合群"思想下，逐渐找到了

---

① 顾炎武：《日知录》，卷十三，《正始》。
② ［美］列文森：《儒教中国及其现代命运》，郑大华、任菁译，中国社会科学出版社
2000 年版，第 84 页。

民族主义的武器,来重新思考中国的前途命运。戊戌变法失败后,梁启超远赴日本,他在《东籍月旦》一文中,再次发现了"民族"一词,他说:"日本人十年前,大率翻译西籍,袭用其体例名义,天野为之所著万国历史,其自序乃至谓东方民族",并说"盖于民族之变迁,社会之情状……及能言之详尽焉"。"梁启超从日本明治维新后的工业文明中悟出了西方的现代文明理念,并通过'民族'一词的翻译和使用更将这一事象上升到理论的层面。"①

至于梁氏为何使用"民族"一词与西方 nation 对译,恐怕原因还要追溯到近代日本首先用汉字"民族"去迻译西方的 volk、ethnos、nation 等诸多概念,同时使用的名词还包括"种族""人种""族种""族民""国民"等大都见诸古汉语的词语。而"民族"一词取代这些词语,是在 1888 年哲学家井上园创办《日本人》杂志以后,即"民族"这个术语首先在杂志《日本人》上被广泛使用,然后影响到了整个新闻媒体②。

某种程度上来说,汉语"民族"是对日语在翻译英文词语时所使用汉字组成的词语的借用,是属于"来自现代日语的外来词"的一部分。但不论"民族"被翻译的文字策略如何,将中国语境下的汉语"民族"和西方 nation 概念对应起来的第一人,恐怕还是要算在梁启超头上。

梁氏在提出"民族"几年后的 1901 年,在《国家思想变迁异同论》中他又说道:"民族主义者,世界最光明正大公平之主义也。不使他族侵略之自由,我亦毋侵他族之自由。其在于本国,人之独立,其在于世界也,国之独立。"他还在《中国史叙论》一文首次提出了"中国民族"的概念,并将中国民族的演变历史划分为三个时代:"第一,上世史,自黄帝以迄秦之一统,是为中国之中国,即中国民

---

① 卢义:《民族概念的理论探讨》,《云南民族大学学报》2006 年第 7 期。
② ［日］小森阳一:《近代日本国语批判》,陈多友译,吉林人民出版社 2003 年版,第 150 页。

族自发达、自竞争、自团结之时代也；第二，中世史，自秦统一后至
清代乾隆之末年，是为亚洲之中国，即中国民族与亚洲各民族交
往、竞争最激烈之时代也；第三，近世史，自乾隆末年以至于今日，
是为世界之中国，即中国民族合同全亚洲民族与西人交涉、竞争之
时代也。"这就明确赋予了"民族"以西方"民族主义"作用下的现代
含义。

另外，梁启超还在论述"中国民族"的基础上，对"中华"概念作
了廓清。1902 年他在《论中国学术思想变迁之大势》一文中说：
"齐，海国也，上古时代，我中华民族之有海权思想者，厥惟齐。故
于其间产出两种观念焉，一曰国家观，二曰世界观。"他认为临海而
居之齐人，此时已初具"国家"和"世界"的概念了。"民族"和"国
家"在近代总是显示出它们复杂的关联性，而"作为民族的种族是
作为宗族的种族的一种概念性延伸。民族结合了民的观念和族的
虚构"①，维新派为了给国家寻找一个政治理论基础，正是在这个
意义上发明了或者说重新发现了"民族"。

随后的 1905 年，梁启超又写了《历史上中国民族之观察》，从
历史演变的角度重点分析了中国民族的多元性和混合性，他在文
中说道："中华民族自始本非一族，实由多民族混合而成。"很显然，
梁启超用西方的民族理论导入中国的民族实际，发现了中国的民
族，或者中华民族的复杂性和多元性，与国家相对应的中华民族包
含了中国境内的所有民族，华夏也好，蛮、夷、戎、狄也好，都是"中
华民族"必不可少的组成部分。由此，又对公元 3 世纪存在的"中
华"概念完成了一次现代转型和升级，以至于后来孙中山所提的
汉、满、蒙古、回、藏五族共和的理论也是对"中华民族"的革命化表
述和实际运用。

20 世纪二三十年代，产生了一个比"中华民族"更为政治化的

---

① 冯客：《近代中国之种族观念》，杨立华译，江苏人民出版社 1999 年版，第 90 页。

表述——"国族"的概念,"国族"和"中华民族"所指范围大致相同,却较之"中华民族"更少学术色彩、更多政治面目。而之所以"中华民族"的内涵在 20 世纪初发生转变,提出"国族"这一相似的概念,苏联学者 A. M. 列舍托夫认为:"这种情况的发生是因为在当时的中国现实政治生活中,首要的问题是维护其国土的完整性,因而也需要维护国家在民族方面的统一性。"在这种情况下就必须有一个词来表示中国各民族的全国性统一。由此便产生了对"中华民族"一词不再作为民族学概念使用以表示"民族"(即"汉民族"),而是用其广义——"全国所有民族在国家范围内的统一"①。

而对于"国族"的概念,它将"国"(国家)和"族"(民族)两者结合在一起,以表示国家范围内各民族的统一,则是现代民族—国家理论的最有效的表述。但"国族"的表述和政治性结合较深,这样在新中国成立后,逐渐被相同所指的"中华民族"所代替和历史化了。

"中华民族"相较于"国族"并没有强调各非同源民族之间的血缘关系,而被认为是一个多民族的共同体。费孝通先生关于"中华民族多元一体格局"的理论,是更有影响力的理论。1989 年,费先生应香港中文大学 Tanner 讲演的机会,发表了著名的《中华民族多元一体格局》的命题。

费孝通先生将"中华民族"用来指"现在中国疆域里具有民族认同的十一亿人民。它所包括的五十多个民族单元是多元,中华民族是一体,它们虽则都称'民族',但层次不同"②。费先生认为中华民族作为一个自觉的民族实体,是近百年来中国和西方列强对抗中出现的,但作为一个自在的民族实体则是几千年的历史过程所形成的。

---

① [苏联] A. M. 列舍托夫:《论"中华民族"概念的内涵》,贺国安译,《民族译丛》1992 年第 4 期。
② 费孝通等:《中华民族多元一体格局》,中央民族学院出版社 1989 年版,第 1 页。

　　相对而言，"中华民族"虽然名称上被认为是建构的产物，但对于能指背后的所指而言，它仍是一个历史悠久的存在实体。当然，这个实体不断被加入新的内容，因而在边界上并不清晰。它的主流是由许许多多分散孤立存在的民族单位，经过接触、混杂、联结和融合，同时也有分裂和消亡，形成一个你来我往、我来你往、我中有你、你中有我，而又各具个性的多元统一体①。

　　"中华民族"概念所体现的多元一体格局还有诸种特征：一是存在着一个凝聚的核心。汉族和少数民族形成大杂居、小聚居，点线结合，东密西疏的网络，而这一网络正是多元一体格局的骨架。二是少数民族居住区域大，在杂居中，一方面汉族被当地民族吸收；另一方面汉族发挥它的凝聚力，巩固了各民族的团结，形成一体。三是从语言上说，汉语已逐渐成为共同的通用语言。第四，导致民族融合的具体条件是复杂的，虽然政治的原因不应被忽视，但主要还是出于社会和经济的需要。第五，组成中华民族的成员是众多的，所以说它是个多元的结构。第六，中华民族成为一体的过程是逐步完成的。先是各地区分别有它的凝聚中心，从而形成了初级的统一体，这些文化区逐步融合出现了汉族前身华夏的初级统一体，后通过中原和北方民族的融合互动，以及各民族之间流动、混杂和分合的过程，逐渐形成了一个点线结合的网络，把东亚这片土地上的各个民族串联在一起，形成了中华民族自在的民族实体，并取得大一统的格局。这个自在的民族实体在共同抵抗西方列强中形成了一个休戚与共的自觉的民族实体。

　　其中，"这个实体的格局是包含着多元的统一体，所以中华民族还包含着50多个民族。虽则中华民族和它所包含的50多个民族都称为'民族'，但在层次上是不同的。而且在现在所承认的50多个民族中，很多本身还各自包含更低一层次的'民族集团'，所以

① 费孝通等：《中华民族多元一体格局》，中央民族学院出版社1989年版，第1页。

可以说，在中华民族的统一体之中存在着多层次的多元格局。各个层次的多元关系又存在着分分合合的动态和分而未裂、融而未合的多种情状"①。而"中华民族"自身构成了"一体"的一维，而所谓"多元"就是包含众多的"民族集团"，也就是汉族和为数众多的少数民族。

尤其中国语境中的"民族"和"中华民族"基本都完成了意义的现代升级，这个过程其实也是和"文学"概念的现代升级是同步的。两者也并不是各自独立的过程，"文学"在现代"民族"和"民族国家"的形成过程中起了重要的作用。相反，"民族"也是"文学"现代转型的重要动力根源和理论依托。

在新的"文学"和"民族"的耦合关系建立之后，在现代的"中华民族"框架之下，"文学"和"民族"进一步结合并向中华民族内部各民族集团输入，便成为自然而然的事情。由此"少数民族文学"的提出便成了"大写的"文学接受过程中的题中之义。因为"大写的"文学本身产生时，就被附着了"民族"的语义，就像韦勒克（Rnné Wellek）曾指出过的，文学这个词经历了一个双重过程，一个是"民族化"的过程，一个是"审美化"的过程。"民族"的语义是现代"文学"的内在属性。

但相较于中国所接受的西方"大写的"文学概念已经有了上百年的历史，中华民族内部的少数民族对这种文学概念的接受则是晚近的事情了。

中华民族范畴内的少数民族同中华民族整体一样，具有丰富多彩的"小写的"文学的资源，这些资源大多数是少数民族母语写作的作品。像汉代刘向《说苑·善说》所载的《越人歌》就是公元前五百余年时的古越人（南方少数民族）所创作的民歌。又如《后汉书·西南夷列传》中的《白狼王歌》则是汉代一个氐羌人部落所作。

---

① 费孝通等：《中华民族多元一体格局》，中央民族学院出版社1989年版，第33页。

　　少数民族拥有异常丰富的口头文学传统，其中包括歌谣、史诗、叙事诗、神话、传说、故事、曲艺和小戏、谚语和谜语，等等。随着几千年历史的发展，少数民族中诞生了众多极具价值的作品。比如举世闻名的"三大英雄史诗"：藏族的《格萨尔王传》、柯尔克孜族的《玛纳斯》和蒙古族的《江格尔》。而南方民族中小型创世史诗和迁徙史诗也为数众多。如纳西族的《创世纪》、白族的《创世纪》、彝族的《查姆》《梅葛》《阿细的先基》《勒俄特依》《物始纪略》、壮族的《布洛陀》、侗族的《起源之歌》、苗族的《苗族史诗》《苗族古歌》、瑶族的《密洛陀》《盘王歌》、拉祜族的《牡帕密帕》、傣族的《巴塔麻嘎捧尚罗》、阿昌族的《遮帕麻与遮咪麻》、景颇族的《勒包斋娃》、哈尼族的《十二奴局》《窝果策尼果》《奥色密色》、佤族的《西岗里》、普米族的《帕米查哩》、德昂族的《达古达楞格莱标》、布依族的《赛胡细妹造人烟》、仡佬族的《十二段经》、傈僳族的《创世纪》以及苦聪人的《创世歌》，等等。另外还包括像彝族的《阿诗玛》《我的幺表妹》《妈妈的女儿》、哈尼族的《洛奇洛耶与扎斯扎依》、纳西族的《鲁般鲁饶》、傣族的《召树屯》《娥并与桑洛》、傈僳族的《生产调》《逃婚调》、白族的《鸿雁带书》《青姑娘》、壮族的《达稳之歌》《达备之歌》《特华之歌》《唱离乱》、侗族的《珠郎娘美》《莽岁流美》、苗族的《仰阿莎》《张秀眉之歌》、布依族的《月亮歌》《伍焕林》、土家族的《锦鸡》、土族的《拉仁布与且门索》、回族的《马五哥与尕豆妹》、裕固族的《黄黛琛》《萨娜玛珂》《金银姐妹与木头姑娘》、维吾尔族的《艾里甫和赛乃姆》、哈萨克族的《萨里哈与萨曼》、达斡尔族的《少郎和岱夫》、蒙古族的《陶克陶之歌》《嘎达梅林》等更多的叙事长诗①。

　　但这种"小写的"少数民族文学概念显然与现在的少数民族作家写作完全不同。少数民族也和汉族一样同样经历了一个西方

---

① 朝戈金：《少数民族文学概论》，《中国民族》2006 年第 5 期。

"文学"概念的接受过程,接受路径甚至更加曲折:西方—汉族—
少数民族。

19 世纪末 20 世纪初西方"文学"概念被引进的时候,就有一
些具有少数民族身份的作家已经开始接受"大写的"文学概念,并
进行了文本实践。到了 20 世纪三四十年代,这种"文学"写作的少
数民族作家数量不断增加,涌现了诸如老舍、沈从文、萧乾、华山、
陆地、郭基南、端木蕻良、舒群、金剑啸等一大批具有少数民族身份
的作家群体。在现代,也就是中国的民族主义兴起和获得现代"民
族"意义的时期,由于文学发展过程中启蒙和救亡的冲突,与种族
的救亡图存相比,民族要素在这一时期并不是主流。虽然同时期
中少数民族文学在数量上并不少见,质量亦属上乘,但这时的少
数民族文学并没有获得自觉的意识,"少数民族文学与汉族文学
在文学观念、价值取向原则与审美意识诸方面,获得了整体性的
认同,一齐为中华民族的解放而歌唱,共同言说着爱国主义中心
话语"①。

所以这些少数民族作家是作为中华民族的一部分来接受西方
"大写的"文学熏陶的,并没有将"文学"概念带入各自的民族传统
之中,以改造"小写的"文学。或者换句话说,他们并没有将自身的
民族身份和这种"文学"结合在一起。而同样在新中国建立之后,
由于文化的统一性,少数民族文学更多是作为中华民族文学整体
的一部分,也就是民族文学更多是作为一种类型文学而进入文学
史,而不是作为独立的文学发展过程。"只有到了'文革'结束后,
政治意识形态处于较松懈而思想解放的潮流里,少数民族文学区
别于主流/汉族文学的独特个性才如同蒙尘的明珠一样被拭去浮
灰重新发现。"②虽然"少数民族文学"的概念史要稍早于这个分

---

① 苏光文:《爱国主义:1937~1945 年中国少数民族文学的中心话语》,《民族文学研
究》2000 年第 1 期。
② 刘大先:《当代少数民族文学批评:反思与重建》,《文艺理论研究》2005 年第 2 期。

期,但真正大规模地向少数民族输入西方/汉族"大写的"文学概念,却又是和"少数民族文学"作为学科的建立同时。或者说,"少数民族文学"学科的建立为这种概念传播提供了基本的学术制度保证。

对"少数民族文学"概念史的源头,学界多有争论。以往国内外学者多将老舍先生 1961 年在中国作协第三次理事(扩大)会议上发表的《关于少数民族文学工作的报告》作为概念的原点。日本学者西胁隆夫先生便指出:老舍在 1961 年报告的题目,把他本人 1956 年在中国作协第二次理事(扩大)会议上发表的《关于兄弟民族文学工作的报告》中的"兄弟民族文学"的表述转换成"少数民族文学",正是"反映了对少数民族文学的认识过程。大体上说,中国人到六十年代以后,逐渐确定了'少数民族文学'这一概念"[1]。

但李鸿然教授认为,老舍先生于 1956 年提出的"兄弟民族文学"已经"在理论和实践结合的高度上,对中国少数民族文学的过去、现在和未来,为新中国少数民族文学制定了正确、科学而又切实可行的发展战略"。就"少数民族文学"概念本身而言,某种程度上,它和"兄弟民族文学"是一个能指替代的关系,作为一个描述由来已久的文学事实的术语,其实两者之间是有着很多共同性的。

其实"少数民族文学"概念的出现不是在 1961 年,据李鸿然教授的考证,早在 1949 年 9 月(发表于 1949 年 10 月 25 日),茅盾先生就在《人民文学》的"发刊词"中提出了这一概念。在茅盾先生描述《人民文学》创刊的六项任务中,其中第四项任务便是:

> 开展国内各少数民族的文学运动,使新民主主义的内容与少数民族的文学形式相结合,各民族间互相交换经验,以促进新中国文学的多方面的发展。

---

① [日]西胁隆夫:《中国少数民族文学论序言》,何鸣雁译,《民族文学》1985 年第 3 期。

在明确了刊物的任务之后,"发刊词"又向文艺界提出了四条要求。其中第三条要求是:

> 要求给我们专门性的研究或介绍的论文。在这一项目之下,举类而言,就有中国古代文学和近代文学,外国文学,中国国内少数民族文学,民间文学,儿童文学。①

所以李鸿然教授指出:"在当代中国,'少数民族文学'概念的'提出'是 1949 年,而不是 1951 年;'少数民族文学'概念的'确定'是 50 年代中期而不是 60 年代以后;'提出'和'确定'这一概念的,是文学大师茅盾和老舍而不是别的什么人。"②这算是对这个概念的知识考古。

"少数民族文学"概念产生后,大致经历了三个阶段的发展:一是 20 世纪 50 到 60 年代的奠基期,奠基期的工作包括了 50 年代初期对民间文学的研究:建立民间文学研究会,在高校开设民间文学课程,并开始大规模民间文学搜集、整理、翻译工作;也包括了 50 年代末到"文革"之前开始编写单一民族文学史。其实我们根据这个分期,可以发现一个重要的细节,并且它对于我们进行"少数民族文学"的研究具有极为重要的作用,那就是两个阶段之间的民族识别工作。正是通过 20 世纪 50 年代中期开始(一直到 80 年代中期才基本结束)的民族识别,现代意义上(也是我们现在所使用的"少数民族文学"意义上的"少数民族"概念)的中华民族的各个少数民族才被建构出来。也就是说虽然"少数民族文学"概念在 1949 年的时候已经被提出,但它所指涉的对象显然不是现在普遍意义上现代的"少数民族"的"文学",因为很简单,当时现代意义上的少数民族还没有被识别和建构出来。我们在 1953 年新中

① 茅盾:《发刊词》,《人民文学》1949 年 10 月第 1 卷第 1 期。
② 李鸿然:《少数民族文学:概念的提出与确定》,《民族文学研究》1999 年第 2 期。

国开展的第一次全国人口普查结果中便可看出端倪，当时全国登记的民族名称多达 400 余个，其中最多的云南省有 260 多个，其次贵州有 80 多个。这和我们今天所理解的汉族加 55 个少数民族的理解显然有较大出入。

新中国的民族识别工作，同样分为三个时期：（1）新中国成立到 1954 年为第一阶段。这个时期民族识别的主要工作是进行调查研究，并确定一批民族成分。经过这一阶段的民族调查识别，在 1953 年第一次人口普查中自报的 400 多个民族名称中，除已经公认的蒙古、回、藏、维吾尔、苗、瑶、彝、朝鲜、满、黎、高山等民族外，经过识别和归并，又确认了壮、布衣、侗、白、哈萨克、哈尼、傣、傈僳、佤、东乡、纳西、拉祜、水、景颇、柯尔克孜、土、塔吉克、乌孜别克、塔塔尔、鄂温克、保安、羌、撒拉、俄罗斯、锡伯、裕固、鄂伦春等民族，共计 38 个少数民族。（2）1954 年到 1964 年为第二阶段。在基本掌握各族体的族源、历史、现状与语言的基础上，进行了较大规模的民族识别，主要集中在西南和中南的一些省份，尤其是云南省。经过这一阶段的调查识别，从 1964 年第二次全国人口普查之前自报的 183 个不同称谓的民族名称中，新确定了 16 个少数民族，即土家、畲、达斡尔、仫佬、布朗、仡佬、阿昌、普米、怒、崩龙（现改为德昂）、京、独龙、赫哲、门巴、毛难（现改为毛南）、珞巴等民族。另将 74 个不同民族名称归并到 54 个少数民族中。（3）1964 年到 80 年代末为第三阶段。这一阶段，民族识别工作的重点是在一些地区对一批人的民族成分进行恢复、更改，对一些自称为少数民族的人进行辨别、归并。到 20 世纪 80 年代中后期，我国民族识别和更改民族成分工作已基本完成。1986 年 6 月，国家民委在全面总结我国民族识别工作成就和经验的基础上，向国务院上报了《关于我国的民族识别工作和更改民族成分的情况报告》。1989 年 11 月，国家民委、公安部发出了《关于暂停更改民族成分工作的通知》。1990 年 5 月，国家民委、国务院第四次人口普查领导小组、公安部又发出了《关于中国公民确定民族成分的规定》。1990 年全国第四次人口普查时,我国已正式确认了 56 个民族,其中除汉族外有 55 个少数民族。

在这里要强调的是新中国所进行的卓有成效的民族识别工作,是根据各民族共同体的实际情况进行的。识别有四个基本的判断标准,那就是在历史上形成的有共同语言、共同地域、共同经济生活以及表现于共同的民族文化特点上的共同心理素质。而且"民族的四个要素或四个特征,是相互依赖、相互联系、相互制约的。在四个要素或四个特征中,并没有什么唯一的民族特征,而只有各种特征的总和。所以在识别中,不是孤立地去看民族的某个特征,而是把民族形成的各个特征综合起来考察"①。同时在民族识别工作中,一直强调如下的基本原则,包括:(1) 以其构成一个民族的诸因素联系来考虑,而不以其中的某一因素作为唯一标准;(2) 以其现实、现有特征为主,参照历史,分析民族历史、族源、社会政治制度和民族关系;(3) 对民族的名称,尊重"名从主人"的原则,尊重该族体大多数人的意愿;(4) 从有利于民族团结和民族自身发展出发,对相互近似的人们共同体,即语言基本相同、民族特点相近、地域相连,而且形成密切经济联系的,尽可能相互合为一体并认定为同一民族。② 这显然是符合历史唯物主义和中国多民族的实际的。

回到"少数民族文学"概念和学科建设研究中来,正是因为在 1954 年左右,第一阶段的民族识别工作初步完成,38 个少数民族身份得以确立,才产生了 50 年代后期单一民族文学史(更多是"小写的"文学的历史)编写的可能性。当时学者也认识到:"直到现在为止,所有的中国文学史都实际不过是中国汉语文学史,不过是汉

---

① 黄光学:《中国的民族识别》,《中国民族》2004 年第 5 期。
② 黄光学:《中国的民族识别》,《中国民族》2004 年第 5 期。

族文学再加上一部分少数民族作家用汉语写出的文学的历史。"①这在当时无疑是有积极意义的，但某种程度上又将汉族文学与少数民族文学割裂了开来。

民族身份一旦被识别，便产生了用历史化的方法追溯和固定身份的需要，所以少数民族文学史、文学概况的编撰工作大约始于1958年，当年7月17日，中宣部召集来京参加"全国民间文学工作者代表大会"的有关省区部分代表和北京有关单位专家及领导，座谈编写各少数民族文学史或文学概况问题，成果就是俗称的"三选一史"，自此经过众多学者不懈的努力，至今已产生了像《蒙古族文学史》、《藏族文学史》、《白族文学史》、《维吾尔族文学史》、《彝族文学史》、《布依族文学史》(两部)、《侗族文学史》、《侗族民间文学史》、《京族文学史》、《伙佬族文学史》、《毛南族文学史》、《瑶族文学史》、《苗族文学史》、《纳西族文学史》、《羌族文学史》、《楚雄彝族文学史》、《傣族文学史》、《回族古代文学史》、《满族文学史》、《回族文学史纲》、《土家族文学史》、《乌孜别克文学史》等为数众多的单一民族文学史，和像《中国当代民族文学简史》(1984)、《中国少数民族文学》(1985)、《中国当代民族文学史稿》(1986)、《中国当代民族文学概况》(1986)、《中国民族民间文学》(1987)、《中国少数民族现代文学》(1989)、《中国少数民族文学》(1991)、《中国少数民族文学史》(1992)、《中国现代少数民族文学概论》(1993)、《中国少数民族当代文学史》(1993)、《少数民族文学》(1994)、《中国少数民族文学一比较研究》(1997)、《中国少数民间文学概论》(1997)、《中华文学通史》(1997)、《中国少数民族文学概论》(1998)、《中国国南方民族文学关系史》(2001)、《中国各民族文学关系研究》(2005)、《20世纪中华各民族文学关系研究》(2006)等众多民族文学史。

但在这里我们也要注意到，在民族文学史的撰写过程中，我们

---

① 何其芳：《少数民族文学史编写中的问题》，《文学评论》1961年第5期。

可以清晰地看到撰写原则、方法及背后的民族观念的演进。一开始各民族文学史的撰写，"内容尽管各有不同，叙述的结构和笔法背后的指导思想却划然统一，均没有挣脱将少数民族文学和时空进行孤立的、静止的、停滞的表述窠臼"①。当然其背后是有着客观的历史背景和原因的，我们不能一概而论。有学者指出，它们或是受到主流史学观点的影响，或是一种策略性的写作方式，最为关键的是："换个角度看，对于各不同族群文学文化通过文学史这种形式的整合，是服务于中华人民共和国建构社会主义文化新主体的目的，从而从其本身目标来说，是成功的，而对于原先处于沉默和失语状态的许多族群来说，则得到了言说的机会。"②这些无疑都具有正面、积极的作用。

但这种结构化的文学史书写方式，其实背后有着目的论的色彩，某种程度上把迻译西方历史哲学时掺杂其中的欧洲中心主义的某些问题也无心继承了。在这种观念下，"如果要书写具有普遍性的'文学'于'历史'，则它们本身必须是普遍性的，所以少数族裔文学必须是主导思想所认可的'文学'才能进入'历史'。不符合经由西方转译过来而后建立成为现代中国规范的'文学'概念的少数族裔文学内容，需要经过修缮、整合乃至删减才能进入文学历史的书写之中。于是，少数族裔文学在现代中国就转化成了'少数民族文学'"③。这就是我们在前文所说的"大写的"文学与中国少数民族"小写的"文学遭遇的时候，所产生的错位与矛盾。

而对于怎样在新的现实语境下，克服这一问题带来的学术影响，以及怎么将具有建构色彩的"少数民族文学"还原和恢复到原本样貌的少数族裔文学，有学者提出要"在先行的文学历史书写语法中展开"，也就是一种"多民族文学史观"的形式，它"表现为一种

---

① 刘大先：《现代中国与少数民族文学》，中国社会科学出版社 2013 年版，第 68 页。
② 刘大先：《现代中国与少数民族文学》，中国社会科学出版社 2013 年版，第 70 页。
③ 刘大先：《现代中国与少数民族文学》，中国社会科学出版社 2013 年版，第 74 页。

再翻译的努力——将趋于一体化、同质化的'少数民族文学'重新还原成具有多种书写可能的多个少数族裔文学"①。

我们可以在具体民族文学史的书写实践中看到，自 20 世纪 80 年代以来的民族文学史书写某种程度上已经伴随着"多民族文学史观"进行了转型和调整，已经超越了以往文学史的编写策略，在"多元一体"在新时代新的语义框架下，呈现少数民族文学复线演进、影响、互动、交流和共同作用的历史文学事实。这里的"多"至少包含了四个层次："一是多族群，具体到中国就是 56 个民族；二是多语言，不同族裔的语言；三是多文学，不同文学界定和标准；四是多历史，就是对于前三者不同的书写方式。"②同时不同的少数民族或者少数族裔的文学之间是平等的、复线的关系。

其实这里所说的四个层次，还原到前文的主张就是，中国"少数民族"以及"少数民族文学"概念本身是具有建构性的，受到了西方现代"民族"观念和"大写的"文学系统的塑造和影响，但中国是有着完整的少数民族或者少数族裔的历史，有着丰富的民族"小写的"文学传统，这些"小写的"民族文学传统，又是建立在多样的民族语言的基础上的，这里的民族语言的情况同样也是多元和复杂的，存在民族和语言多种的对应关系，有一对一的对应，也有一对多的对应，还有多对一的对应，"一族一语"是多数的情况，"多族一语"和"一族多语"则占到了中国民族总数的 30％，由此产生的民族作家母语写作或非母语写作的情况也是多元和立体的，所以面对这些复杂的民族文学事实，我们更应该强调的是多元、多维度、多情境、多历史地去考察。

---

① 刘大先：《现代中国与少数民族文学》，中国社会科学出版社 2013 年版，第 74 页。
② 刘大先：《中国多民族文学史观的兴起》，《民族文学研究》2008 年第 4 期。

第四章　非母语写作与"文化"的翻译

第一节　民族志：非母语写作中的
　　　　跨文化方法

　　包括少数民族作家的非母语写作在内的民族文学类型,在文化翻译的理论视野中,除了表现为语言的转换,也就是母语/非母语的选择与使用,还有就是在非母语写作领域通过各种写作(自我翻译)策略实现对非母语"语言剩余"的运用,进而实现非母语的裂变与丰富,从单数变为复数。"少数民族文学"之"文学"的概念的迻译,"大写的"文学与"小写的"文学之间的错位、移植与恢复,以及"文学"与"民族"概念的耦合及成果,概念的建构性和跨文化特征使得我们更加应该尊重多元价值,建立多元的标准。除此之外,也应该看到,在文字、文学层次之外,民族文学及少数民族文学之所以有民族特征,是一种特殊的文学事实和文学存在,除了可能存在的民族语言的不同,还有一个重要特征便是对民族文化的独特表现。

　　虽然我们在前文分析过写民族内容的文学作品不一定就是少数民族文学范畴,但反过来少数民族文学必然或多或少对本民族的文化作出描述,至少文本中体现出一定的民族精神和民族风貌。

　　对于民族的研究显然主要集中在民族学、民俗学、人类学、社会学等领域，前文我们所说的文化的翻译转向，其实也是在描述这些领域里所发生的范式革命，在"文化翻译"视野下，这些领域中出现的一种民族志和民族志诗学的研究方法，在少数民族文学非母语写作的研究中也值得我们重视，某种程度上，它们就是"文化翻译"方法的实践运用。

民族志诗学为包括非母语写作形式在内的少数民族文学研究提供的重要学术资源包括：从对文本（text）的研究转向对语境（context）的研究；从大范围的、普遍性的研究转向区域性的民族志研究；从对集体性的关注转向对个人特别是有创造性的个人的关注；从对静态的文本的关注转向对动态的表演和交流过程的关注；从对历史民俗的关注转向对当代民俗的关注等。

它与表演理论（performance theory）、口头程式理论（oral formulaic theory）一脉相承，特别关注文本迻录方法，这样就与翻译理论有效联系起来，也促成了文化研究中的翻译转向。而少数民族文学尤其是"小写的"文学传统本身就具有口传的特质，那么在这些"小写的"文学成为多民族文学史观下的书写对象的时候，其实也面临着技术上的文本迻录、概念上的现代书写以及文化上的现代表述问题，其背后也是一种文化翻译问题。

翻译和民族志之间本来就具有某种一致性。从本体论的角度，文化之间的交流，代表任何符号和语义过程的"从讲话人到受话人"和从一种文化到另一种文化的模式与翻译的"从源语到目的语"模式等同。德佳斯威尼•尼朗佳纳（Tejaswini Niranjana）曾说："翻译研究是传统翻译理论以及同时代理论的成规；人类学指的是，直到最近才以或多或少没有争议的方式，把研究的对象看成是'人'，把他自己的使命看成是一种翻译的文化/社会人类学家的著作。"①民族志是对经验、记录和观察进行阐释，翻译是对已经存

① ［美］德佳斯威尼•尼朗佳纳：《表述文本和文化：翻译研究和人类学》，见张京媛主编《后殖民理论与文化批评》，北京大学出版社 1999 年版。

在的文本进行阐释。民族志学者通过民族志的田野工作方法,对他族文化进行理解、研究、记录,介绍给本族同胞;译者则是通过阅读和理解源语文本,将源语文本中所表现的异族文化传达给译语文化。民族志和翻译都涉及语言层面的转换,将他族语言的语码转换成本族语言的语码,但这仅仅是两者语言学意义上的生成形式。民族志和翻译的根本性质和最终目的是文化之间的互动和交流,这是两者能够相互阐发的基础。民族志学者和译者都具有相同的对象——他族文化,在对他族文化的阐释和再现中,他们又都面临着语言的、文化的种种选择。他们既受制于一定的规范,又都具有一定程度的主体性。①

所以林哈特(Lienhardt)就曾提出人类学任务就是翻译,埃文斯·普里查德(Evans Pritchard)也把民族志中心任务描述为"文化翻译"。而格尔兹(Geertz)的阐释人类学则认为,民族志的撰写是一种再阐释,是在所研究文化中的文化持有者对本民族文化阐释基础上的再阐释,目的是去发现文化表象之下的文化意义的构建规律。

民族志中的翻译问题,本质上是"使原本久存在于异邦语言中,具有一致性的原始思维可以用我们自己语言中的思维的一致性清楚地再现出来"②,它涉及语言背后更深层次的文化问题,它必须"在将一种异域话语翻译成民族文本之前,必须试着对'当地语言'处理世界,传递信息和组成经验等方式进行重构"③,考察其中的文化成分,它"不只是抽象层面匹配句子的问题,而且是学习过另一种形式的生活,并说另一种语言"④。

① 段峰、刘汇明:《民族志与翻译:翻译研究的人类学视野》,《四川师范大学学报》2006年第1期。
② Godfrey Lienhardt. *Modes of Thought. The Institutions of Primitive Society*. Oxford: Basil Blackwell, 1954, p97.
③ [英]阿萨德:《英国社会人类学中的文化翻译问题》,见詹姆斯·克利福德、乔治·E. 马库斯编《写文化》,商务印书馆2006年版,第188页。
④ [英]阿萨德:《英国社会人类学中的文化翻译问题》,见詹姆斯·克利福德、乔治·E. 马库斯编《写文化》,商务印书馆2006年版,第190页。

民族志的翻译方法与语言学家不同，对于语言学家的翻译而言，它的话语立刻被文本化了，而人类学家"必须根据实践范围中的暗含的意义将这些话语处理为文化文本（cultural text）"。它的翻译文本与历史学家同样有异，"历史学家是被给予一个文本，而民族志作者必须构造一个文本"。它的翻译性质和社会人类学家也有很大的区别，后者"只会把其他文化的语言文本翻译成我们自己的语言文本，而不会向其他生活方式学习引入或扩大文化的能力"①。"民族志和翻译的根本性质和最终目的是文化之间的互动和交流，这是两者能够相互阐发的基础。"②这就给多民族史观下的少数民族文学书写提供了某种工具和可能性。

民族志诗学的一个重要研究方法就是，把民族对象文本化了。典型的就是民族志与文学的互相作用。这包含两个层面的关系：一个是文学作为民族志，另一个是民族志作为文学。前者某种程度上就是我们所谈及的民族文学或者少数民族文学对象，"写民族"的少数民族文学作品，某种程度上也就是一种"民族志式的写作"或者"人类学写作"③（Anthropology Writing）。

这就是说民族文学作品，尤其是少数民族文学中的非母语写作作品，因为本身就涉及自我翻译的问题，成为一种特殊的民族志书写，甚至成为一种典型的"自传体民族志"（autoethnography），

---

① ［英］阿萨德：《英国社会人类学中的文化翻译问题》，见詹姆斯·克利福德、乔治·E.马库斯编《写文化》，商务印书馆2006年版，第203页。
② 段峰、刘汇明：《民族志与翻译：翻译研究的人类学视野》，《四川师范大学学报》2006年第1期。
③ 有没有所谓的作家的"人类学写作"，学术界仍然存在争议，2008年11月29—30日在贵州花溪贵州民族学院召开的"第四届中国文学人类学研究会年会"就将"文艺创作的人类学转向"作为一个议题。可参看会议提交论文：吴秋林《"人类学写作"质疑》，孟华《词语·术语·物语——人类学写作的三种方式刍议》，夏敏《中间路线：无所谓圣俗的人类学书写》，潘年英《文学的人类学与人类学的文学含义辨析》，徐新建《人类学写作：科学与文学的并置交融》，王菊《中国当代作家创作的人类学倾向浅谈》，安琪《史学、文学与人类学：跨学科的叙事与写作》，刘珩《民族志式的传记——人类学写作的可能性探索》，王立杰《写作的人类学：认识"间距"与在"间距"中认识》等。

因为非母语的对外指向性,它可以很好地成为让民族发声和传播的问题,让其他民族了解当地文化、用一种"深描"的方式传达少数民族传统经验、文化的有效方式,非母语写作也成为一种典型的民族志书写方式。

这里要注意的是,虽然少数民族文学非母语写作的作品很多是叙事虚构作品,肯定也存在对民俗等民族事项的误写(后文我们将详细谈及),但它仍然可能传达着真实有效的民族经验和民族精神,这种虚构的真实性可能还超过事件的真实性,所以非母语写作成为一种民族志书写方式,其实并不难理解。

当然,在民族志与文学的联系中也存在另一种互动关系,就是民族志作为文学,有些学者坚持认为人类学的民族志里有很严谨的界定与规范,如果你只是去作一篇文章、写一个局部,即便是有细节的实录,也不叫民族志,而叫"民族志式的写作"。但其实在反思人类学和后现代人类学中,民族志和文学的界限似乎并不怎么明显,特别是当一种"写文化"(writing culture)出现后。"写文化"将文学的意识引入民族志的写作实践中,以此来表明民族志写作的多样性。他们认为,实际上就像写作小说一样,民族志的撰写者也在写自己的小说。在这种思想的指导下,人类学者开始以新的眼光来审视以往的人类学研究著作,试图解读出这些作品背后的人类学家的虚构。

对他们而言,民族志的"文献文本"属于文学性表述,民族志的"文学性"(比如文学的隐喻法、形象表达、叙事等)影响了民族志的记录方式——从最初的观察,到民族志"作品"的完成,再到阅读活动中"获得意义"的方式。"写文化"成为民族志无法回避和省略的反思性问题。

"文学"在这里不只是对一个艺术门类的言说,也不只是指人类学家们的"田野作业"和民族志研究中所面对的"文本"(literary texts)类型,更为重要的是,它涉及同样作为"作者"(author)在确定什么样的材料能够进入他们民族志中的"主观性"问题以及对所谓"表达"范式的选择。这种被称为"实验民族志"的目的不是猎奇，而是为了达到文化的自我反省和增强文化的丰富性。① 说到底，民族志范式的变革与当代的知识革命密不可分，这种知识革命在文学领域也同样存在，所以对于"文学"真实的讨论和对"民族"真实的讨论在这一刻相逢了，而少数民族非母语写作的作品某种程度上在这种新的认知框架下体现出了新的姿态和样貌。

所以自"20 世纪 90 年代，'词典体'的小说、魔幻现实主义、'文史杂糅'的风格等都不乏用来呈现文学民族志"②。而众多少数民族作家的作品也体现了用一种新的方式，包括一种人类学自我书写的自觉，来重写书写本民族的历史，用一种新的历史眼光"重述历史"本身，如张承志的《心灵史》、乌热尔图的《鄂温克史稿》、Y. C. 铁穆尔的《苍天的耳语》、阿来的《瞻对》这样的非母语的历史民族志品格的作品。同样，"90 年代，乌热尔图搁下了写小说的笔转向文化随笔和文史类读物的写作，同时期还有张承志、扎西达娃等大批作家一改文风，在这一方面倾注大量精力。现在，文化文本已经成为民族文学中一种典型的文学民族志类型"③。这些在少数民族作家非母语写作中新的尝试，都是某种民族志精神的集中体现。

第二节　民俗：民族内容在非母语写作中的意义与价值

少数民族作家的创作，就形式而言，就涵盖了前文所说的"小

---

① ［美］马尔库斯、费彻尔：《作为文化批评的人类学——一个人文学科的实验时代》，王铭铭、蓝达居译，生活·读书·新知三联书店 1998 年版，第 11 页。
② 朱林：《文学民族志：民族文学的文化记忆与阐释功能》，《民族文学研究》2020 第 5 期。
③ 朱林：《文学民族志：民族文学的文化记忆与阐释功能》，《民族文学研究》2020 第 5 期。

写的"文学和"大写的"文学内容。民族"小写的"文学也就是在"前文学"阶段本民族丰富的文学事实和文学传统,涵盖那些口传的、源生的、地方性的文学样态,包括歌谣、史诗、叙事诗、神话、传说、故事、曲艺、戏曲、谚语和谜语等普遍文学样式,也包括像伊玛堪(赫哲族)、特伦古(赫哲族)、说胡力(赫哲族)、嫁令阔(赫哲族)、哈巴(哈尼族)、然咪比(哈尼族)、贝玛突(哈尼族)、阿茨(哈尼族)、罗作(哈尼族)、增苴(纳西族)、乌力格尔(蒙古族)等大量的民族地方性、民族性的文学样式和文学手法。

　　在"小写的"民族文学形式中,自觉的作家文学显然晚于民族的民间文学和口承文学,只有人们有了写作这些语言作品的自觉之后,大规模个人写作现象出现之后,才谈得上作家身份的出现,也才谈得上以这些写作群体命名的少数民族"作家文学"。同时,对作家文学而言,很大程度上又依赖书面或文字,当然在口承文学阶段同样也有作家概念,但只有文字形态出现之后,易于传播和留存的文本形态才更需要作家的个体所有权。同时,我们应该注意到"作家文学"的意义在于文本创造者身份的非集体性,这里的非集体性并不是指作家单独的个体,作家文学同样也可以是复数或者多数创作主体的,但作家文学并不像民间文学那样在流布过程中轻易地改变形态,而产生大量的变异样式。虽然传播必然是一种再创造的过程,作家文学的流程同样不能避免被改写和改造的命运,但作家文学对使用者(也就是原作者)的强调,使得这种变异只是在有限的范围之内,正因为改造的有限性,才不会影响到作品所有权的更替或者失落。虽然民间文学并不是没有作者(任何文本都会有其原始的创造者),而只是它不太注重作者的个人风格的表现,更强调作品文本本身的功能和意义;同时,在大量地流布过程中,众多的文本创造或者改造者(也就是作者)的信息堙没无闻,想对民间文学的作者作出历史钩沉难度太大,民间文学中的"荷马问题"就是典型。所以民间文学并非没有作者,而是避免了作者的概念，它并不像作家文学那样强调作品中作家的主体性和所有权。
詹姆逊曾经说："民间传说中的一切都来源于个人，就像所有的音
变必定来源于个人一样；但是这个到底由谁首先创作出来的基本
问题在民间文学中却最不重要。"民间文学显然是靠众口相传流传
下来的，一个故事在被听众接受并保留下来继续往下传之前不成
为真正的民间故事。因此对民间故事来说，关键不是言语，不在于
它是如何创造或创作出来的（这和中产阶级艺术不一样），而在于
语言；而且我们还可以说，不管民间故事的起源多么富有个人特
色，它从本质上来说永远是缺乏个性的，或者说是集体的。用雅各
布森的话来说："民间故事的个性是一个多余的特征，它的无个性
才是一个区别性特征。"①

对于少数民族的作家文学，像藏族的作家文学就大约产生于
公元 7 世纪左右。在松赞干布时代，藏文字的创制对藏族作家文
学的产生，起到了基础性的作用。到公元八九世纪，出现了作为敦
煌文献的《赞普传略》，到 11 世纪初，又出现了藏族著名宗教领袖、
诗人米拉日巴写作的《道歌》，从此藏族文学开始了繁荣时期，一直
到近代以前，藏族作家文学出现了大量的优秀作品，比如贡嘎坚赞
的哲理诗《萨迦格言》、桑吉坚赞的传记文学《米拉日巴传》、六世达
赖仓央嘉措的《仓央嘉措情歌》、才仁旺阶的长篇小说《勋努达美》，
等等。

再比如维吾尔文学，在 12 世纪时，维吾尔文学得到了迅速的
发展，获得了辉煌的成就。比如尤素甫·哈斯·哈吉甫的叙事长
诗《福乐智慧》，它同马合木德·喀什噶里的巨著《突厥语大辞典》
和阿合买提·玉格乃克的《真理的入门》一道被并称为维吾尔族文
学史上的三大名著。而到了 14 世纪至 15 世纪，维吾尔族诗坛出
现了鲁提菲等一系列著名的诗人，特别是纳瓦依的创作，不仅对

---

① ［美］弗雷德里克·詹姆逊：《语言的牢笼：马克思主义与形式》，钱佼汝、李自修
译，百花洲文艺出版社 1997 年版，第 24 页。

15世纪维吾尔族文学创作产生了巨大影响,而且在整个西亚和中亚文学中也是一座丰碑。到了18世纪以后,尼扎里的《爱情长诗集》在维吾尔族文学史上占有十分重要的地位。

蒙古族大约在14世纪初创造了蒙古文字,蒙古族文学随着文字的创造取得了飞速的发展,大量的作家文学开始涌现。包括罗卜桑丹金的《蒙古黄金史》、萨冈彻辰的《蒙古源流》以及尹湛纳希的《青史演义》都曾受到它的滋养。而到了19世纪,蒙古族古典文学的杰出代表作家是尹湛纳希,除《青史演义》外,他还用蒙古文创作了《一层楼》《泣红亭》等长篇小说和大量诗歌。

另外像彝族大约在8世纪就产生了书面文学。白族在9世纪就产生过杨奇肱、段宗义等诗人。而相较于这些有书面文字的民族,一些没有书面文字形式的民族的作家文学产生则要晚得多。

当然上述还只是少数民族作家文学母语写作的例子,在少数民族作家写作的漫长历史中,同样也存在大量的非母语作品,尤其是少数民族作家的汉语写作,取得了丰硕的成就,对中国文学的发展作出了重要的贡献。仅就《全元诗》而言,元代有作品传世的双语诗人就有202人,存诗5 800首以上。再比如元代契丹的耶律楚材、蒙古族的萨都剌、维吾尔族的贯云石、女真的李直夫,明代回族的李贽,清朝众多的满族作家如纳兰性德和曹雪芹等[1],都是中国多民族文学史中熠熠生辉的名字。

其实少数民族文学中"小写的"文学一直对"大写的"文学产生持续而深远的影响。这些影响包括:

1. 形式上的影响。体现在少数民族作家文学中对民间文学形式的使用和借用,体裁上如少数民族作家对叙事长诗的开掘(像壮族作家康郎英创作的《流沙河之歌》、韦其麟创作的《百鸟衣》等),技巧上如为我们熟知的张承志的《黑骏马》中反复插入蒙古民

---

[1]　朝戈金:《少数民族文学概论》,《中国民族》2006年第5期。

歌《钢嘎·哈拉》(意即黑骏马)，都是形式上的影响。

2. 内容上的影响。"大写的"文学对"小写的"文学丰富的文学和文化资源的利用十分常见，民间文学既是民族文学的前形式，又是民族文学的资源库，这种关联也是和民族的文学原型和叙事传统相关的。像由英国坎农格特出版公司发起的世界范围内"重述神话"的计划，便是各民族作家改造民间文学的典型例子。

3. 风格上的影响。这表现在民间文学趣味和审美对民族文学的影响，作家文学对民间文学的精神世界的传承。如藏族作家扎西达娃创作的《西藏，隐秘岁月》中形成的"特有的神秘气氛，形成了'魔幻'的风格"①，其实是由于他融会了藏民族的宗教神话和民间传说，是一种对民族宗教性格沉思的产物。

4. 主题上的影响。民间文学的源初性或多或少都演化成了民族文学中的各类原型，并将种种原型根植于文化之中，那么在民族文化中的作家总不能避免对这些原型的使用。比如灰姑娘的故事总是以不同形式被不断讲述，再比如民间的傻子故事和现代的侦探小说在主题材料上总有某种相似性，很多侦探故事"是从犯人的角度，而不是从侦探的角度出发的。作为主题材料变化的一个例子，我们可以看到有关杀人犯的主题；在现代必然是放在罪犯如何寻找新的令人惊奇的犯罪方法。我们发现有些文化细节要求得到解释：一方面是民间关于傻瓜与精神病的观念或傻瓜故事与其中傻瓜法官的关系，另一方面则是侦探故事中现代科学的手段的运用"②。

5. 结构上的影响。作品受到民间故事类型的影响，而具有一种类似的故事框架和结构，如赵树理的小说《催粮差》便遵循民间

---

① 丁伯铨主编：《中国新时期文学词典》，南京大学出版社 1991 年版，第 226 页。
② ［美］阿切尔·泰勒《民俗与文学研究者》，见邓迪斯主编《世界民俗学》，陈建宪、彭海斌译，上海文艺出版社 1991 年版，第 55 页。

文学类型中的笨人/聪明人的叙事路径。①

因为"小写的"文学具有的充分的民族特性,某种程度上积淀和体现为现代社会的民俗内容,所以包括非母语写作在内的少数民族文学在题材和内容上的重要组成部分便是民俗书写。虽然"民俗"这个概念本身(还包括"民""俗"两个独立的概念)都在学术史上经历了泛化的过程,在威廉·汤姆斯(William Thomas)最初提出这个名词的时候,它表示的意思就是民众的知识(the lore of the people),随后的人类学家和民俗学者不断地对"民俗"(folklore)概念本身作出自己的规范:波特(C. F. Potter)认为民俗是拒绝死亡或化石(1949);丹·本-阿莫斯认为民俗是小群体的交际艺术(1971);托尔肯则认为民俗是在时空中非正式的动态传播的基于传统的交际单元(1979);罗伯特·乔治斯(Robert Georges)的观点则是民俗是人类在面对面互动时所表达的东西和如何表达的方式(1980)。J. H. 布鲁范德在《美国民俗学》中则宣称民俗是"文化中以不同的、传统的形式流传于任何民众类型中的事象,不论它是以口头的形式,是以习俗范例的形式,还是以传统行为和交流的形式"②。邓迪斯针对"民俗"定义的复杂性,挪揄地说:"美国的民俗定义和美国的民俗学者一样多。"③1949 年出版的《芬克和瓦格纳尔斯民俗、神话和传说标准辞典》(*Funk and Wagnalls Standard Dictionary of Folklore, Mythology and Legend*)中,玛利亚·利奇(Maria Leach)给出了"民俗"的 21 条定义④,后来厄利特对这 21 条定义作过语义学的分析,大致得出"民俗"定义中某些较为一

---

① 刘俐俐:《今天怎样阅读赵树理的小说——赵树理〈催粮差〉的文本分析》,《山西大学学报》2006 年第 2 期。
② [美] J. H. 布鲁范德:《美国民俗学》,李扬译,汕头大学出版社 1993 年版,第 8 页。
③ [美] 阿兰·邓迪斯:《民俗解析》,户晓辉译,广西师范大学出版社 2005 年版,第 25 页。
④ Maria Leach. *Funk and Wagnalls Standard Dictionary of Folklore, Mythology and Legend*. New York: Funk and Wagnalls, 1949, p400. 中文可参见张紫晨编《中外民俗学词典》附录,浙江人民出版社 1991 年版。

致的义素，包括"口头性""传播""传统""残存物""集体性"等①。布鲁范德也试图指出民俗所包括的五种要素，即：（1）它的内容是口传的；（2）它的形式是传统的和传播的；（3）它以不同形式存在；（4）它通常是匿名的；（5）它有程式化的倾向。但这些规定都是很宽泛的。无论如何，民俗作为民族的某种文化要素和文化事象，它本身和文学就有着千丝万缕的联系。

1. 民俗和文学处于同一文化演进路线上，民俗某种程度上是文学的初级形式。不论是巫术起源说、游戏起源说，还是劳动起源说都强调了民俗行为对文学发生的基础意义。从民俗（特别是其中作为口头艺术部分的民间文化）到被记录的俗文学（也就是用传统民间文学形式创作的作品）再到现代文学作品，这是一条从口头到书面，不断地"去语境化"（decontextualization）的路径，民俗行为不断地被抽离它的语境，从而失去了"即是即地性"，转变成抽象的文字艺术。

2. 在人文主义的观念中，"谚语可能是'民众的哲学'，谜语可能是'传统的隐喻问题'，民间故事可能是'口头文学'"②。民俗问题都可以还原到文学问题，或者文学问题基本都有民俗问题，两者之间其实并没有清晰的界限，是一体两面的关系。

3. 就功能而言，民俗和文学都承担了社会整合和心理整合的作用。民俗，包括文学描述中的民俗，都是一种民族认同的手段。这其中包括了"对辉煌成就和伟人的集体记忆，荣誉和信义的价值观，正义及其相同的因素，神圣目标的象征、食物、服装和徽章，起源的神话，解放和选民的地位，以及传统和习俗，礼仪和宗谱等"③，而这些均可以在文学尤其是民族文学中找到踪影。文学作

---

① ［美］弗朗西斯·李·厄利特：《民间文学：一个实用定义》，见邓迪斯主编《世界民俗学》，陈建宪、彭海斌译，上海文艺出版社 1990 年版，第 39 页。
② ［美］J. H. 布鲁范德：《美国民俗学》，李扬译，汕头大学出版社 1993 年版，第 10 页。
③ ［英］安东尼·史密斯：《民族主义》，叶江译，上海人民出版社 2006 年版，第 19 页。

为一种社会整合手段,打破了以往的"共同在场"的民族认同的基础。

4. 文学成为民俗。也就是泰勒所说的"作家们摹拟民俗","一些作家在写作中模仿民间文学,并希望它作为文学作品而被人们承认。现在,取而代之的是,有的作家希望他的作品能够作为民间文学而被人接受"①。这种有意识地将文学作为民俗,同样具有多种目的性:既有文学内部的,亦有文学之外的,比如作为创造民族认同的文本基础、发明可资利用的传统资源等。美国的民间英雄保罗·班扬(Paul Bunyan),关于他的故事文本并非来源于民间的口耳相传,而是作家的有意创造,甚至是商业市场的产物,但它被包装成民俗或民间文学的形式。詹姆斯·麦克菲森(James Macpherson)的《莪相诗集》、格林兄弟的《格林童话》、芬兰史诗《卡勒瓦拉》,在有的学者看来,也是被创造出来的民俗,或者是将文学当成了民俗本身②,这就是多尔逊(Richard Dorson)所说的"伪民俗"(fakelore)③。

由此可见,民俗和文学之间本就存在着强关联,尤其是在民族文学中,民俗描写篇幅都远远高于其他文学类型,同时民族作家倾注在民俗描摹文字中的情感和价值体悟更为突出,民俗对于民族作家而言并不是简单的事项堆砌,而是蕴含着丰富的民族精神。不同于其他作品对民俗走马观花式的誊写和旅游式的图解,民族文学中的民俗更是一种彰显民族性格、确立文学民族特征的手段。比如我们通常将舞蹈作为一种艺术门类,进行一般性的描写和美学上的思索,但在维吾尔族小说家祖尔东·沙比尔的笔下,舞蹈则成为刀朗人的灵魂,是人之为人的根本,抛弃了舞蹈的刀朗人是注

① ［美］阿切尔·泰勒:《民俗与文学研究者》,见邓迪斯主编《世界民俗学》,陈建宪、彭海斌译,上海文艺出版社1991年版,第54页。
② ［美］阿兰·邓迪斯:《伪民俗的制造》,周惠英译,《民间文化论坛》2004年第5期。
③ Richard Dorson. *American Folklore*. Chicago: University of Chicago Press, 1959, p4.

定要丢失爱情和民族性格的(《刀郎青年》)。

既然民俗在起源、性质、功能等方面和文学具有一致性，同时两者之间存在广泛的互动关系，在文学尤其是民族文学中，民俗又是主要描写对象，那么民族文学研究中的民俗取径就是题中应有之义。在具体的研究中，民俗至少在结构、形式、地方性知识、身份意识等方面为民族文学研究提供了新的研究框架和研究范式。

1. 民俗结构及其背后的思维方式影响文学内在形态。民俗和文学的同源性加之两种之间共同的民族义素，使得一定程度上民俗和民族文学是同构的。这种同构是多方位的同构，既包括相同或者相似的文本结构、语言表现，也包括相同的描写内容和精神旨归。可以说，民族文学基本意义就蕴含在所描述的民俗之中。

民俗的结构类型影响了文学的基本结构和文本逻辑。民俗包含的基本的民族思维形式，蕴含的世界观的文本表现同样也被民族文学传承和保存下来。比如赵树理的小说，就是典型的"民族形式"，也就是 20 世纪三四十年代提出的具有"中国作风"和"中国气派"的"民族形式"。这里所谓的民族更是一种现代构建物，它"是在现代民族国家的意义上使用的民族概念，即在现代民族国家的范围内，各少数民族和各地方(地区)与主题民族一道共同构成统一的现代民族。'中国作风和中国气派'指涉的是现代民族国家体系中中国的文化同一性问题"①。而在赵树理的文本中，"他顽强地继承了中国白话小说脱胎而来的说书人传统。他的小说一般都采用连贯叙述，全知叙述视角，基本以情节为结构，仿佛说书人说出来的。如果按西方叙事学的话语类型理论划分，赵树理的小说当属于叙述性的话语类型。在这种叙述性的话语类型的作品中，深厚的民间文化积累，民间故事的因素，以及自己的倾向性都非常

---

① 汪晖：《现代中国思想的兴起》下卷第二部，生活·读书·新知三联书店 2004 年版，第 1497 页。

便利地被赵树理贯穿在叙述中"①。具体如《催粮差》的文本中,赵树理在文本结构上沿用了民间故事中笨拙人/聪明人的故事类型,并且在语言上采取民间说书人的叙述方式,从而充分实现了古代传统的现代转型和民俗的文学化。

民俗思想和思维方式也影响到民族文学构建和内容表述。比如在扎西达娃的《西藏,系在皮绳结上的魂》中,藏族的民俗形态和民族意识决定了文本魔幻现实主义手法的采用。同时,藏族宗教特有的逻辑和精神,造就了作品"时空交错"的文本特征。这就是为何扎西达娃作品能成为魔幻现实主义最好的中国范本的原因。对一般的中国魔幻现实主义写作而言,它的产生伴随着文学的"寻根"思潮:一方面,它充分实现了向传统文化的位移,彰显了文学寻根的姿态和价值;但另一方面,由于缺乏文化的支撑,这种文本上的类比物变成了一种缺乏所指的空洞能指,之所以说它缺乏所指,不单指它没有现实对应物,是一种虚构和伪造,更在于它丧失了其背后的精神内核,从而使魔幻沦为一种文学技巧和修辞,而不是文学本身,导致它在文本中显得貌合神离。这样,魔幻现实主义对于中国文学而言,似乎更是一种思维的启迪,表明了一种文化处境和文化立场,而不具有移植的文学审美意义。但这些理论上的龃龉在扎西达娃的作品中似乎并不存在,或者说表现得并不突出,这是为什么?究其原因,这很大程度上和他生存在藏族这一特殊的文化板块上相关:严苛的环境、特殊的民族意识和原始的思维模式使得他和魔幻现实主义具有内在的可融通性。原始思维中的"互渗律"、藏传佛教本身的神秘性和对事物本真的把握是他天然的优势,所以在扎西达娃的文本中,魔幻并没有显示出水土不服,反而更为深刻地体现出藏民族文化、集体记忆及背后的思维特质。

---

① 刘俐俐:《今天怎样阅读赵树理的小说——赵树理〈催粮差〉的文本分析》,《山西大学学报》2006年第2期。

文本不再只是蒙上了魔幻的皮，相反它的审美、意义和价值正是在魔幻中凸显出来的。特别是对《西藏，系在皮绳结上的魂》这一文本而言，它被认为是作者魔幻现实主义写作的肇始，在内容上是其"寓言叙事"①的巅峰，在形式上被认为开创了作者"时空交错体例的先河"②。文本魔幻性的背后，体现了作者对时间的建构和理解。这种建构既指向了存在与时间的哲学思考，也指向了藏族宗教特有的时间逻辑。③

2. 民俗书写是民族文学的审美构成的一部分。包括民族文学作品在内的文学作品的艺术价值构成是多层次的，文学的文本是一个多层次的立体结构。我们去评价一部作品（包括民族文学作品）要建立文本各个层次之间的对话，形成批评话语的间性。结合民族文学的文本，民俗可以存在于"语辞所具有的语音和语义"层，也就是民族独特的语言、词汇、称谓、命名等之中。少数民族作家的母语写作形式自不待言，直接就是民族话语的表现。在民族作家的非母语写作中，也存在大量民族词汇的直接表述，像阿来的《尘埃落定》中对藏语词汇"科巴""辖日""迦那""迦格"等的直接音译，又如回族作家张承志的《心灵史》中也使用了大量诸如"都哇尔""伊玛尼""阿米乃"之类的哲合忍耶回民用语，从而传达了其宗教信仰内涵和文化心理特质。

同样，对于"语辞所具有的语音和语义"层来说，文学性是在此基础上得以发生的。"其一，文学性从这里起步。语言是社会主体间性的东西（这个思想很重要），语辞为基础，其他层次才可逐步展开。文学性才能实现。其二，语辞的声音涉及音乐美。音乐美直

---

① 张清华：《从这个人开始——追论 1985 年的扎西达娃》，《南方文坛》2004 年第 2 期。
② 马丽华：《灵魂三叹——扎西达娃及其创作》，《当代作家评论》1997 年第 2 期。
③ 刘伟：《民族文学虚构作品的二重时间》，《文学与文化》，南开大学出版社 2009 年版，第 304 页。

接产生文学性。"①由此,民俗和文学性得到初步的统一,民俗(民族语言)成为文学性发生的基础性条件。

民俗也可以存在于"句子和句子所组成的意群"层:"句子承载着最初的完整的意义,意义就是在由语辞构成的句子和句群中展开。虚构的世界由之产生。句子带领读者逐步离开日常生活,忘却了日常的实际事务,态度发生变化并执着于这种虚构的性质。在句子组成的意群中,各样事物扑向读者,与生活本身不一样的感受随之产生,文学性开始发挥效力。"②同样,行文的特色、表达的含义也是民俗附着的场所,不同的民族语言(包括非母语写作中被改造过的非母语)表达的特殊性和丰富的意指作用类型(也就是能指和所指结合的过程),表达的民族性带来了陌生化(defamiliarization)的效果,而"陌生化"是文学性产生的根源之一。

民俗也可产生于"已经形成的形象或者意象及其隐喻"层次。它突出反映在那些民族特殊的意象、象征、隐喻及背后的民族原型和民族思维特征上,正是民族文学中的民俗事项和广大的民俗世界,以及其他文本中的民俗事项的互文关系,才使得民族文学获得了更为广阔的意义空间。③像在鄂温克族小说家乌热尔图的小说中,作为民族图腾的熊的形象反复出现,便具有极强的隐喻和象征特征,成为鄂温克族民族精神的代表。

民俗抑或出现于"文学作品的客观世界"层次。它是"存在于象征和象征系统中的诗的特殊'世界',西方人的'神话'概念其实就是文学的虚构世界,一般指叙事性的小说世界"④。作品所构筑

① 刘俐俐:《一个有价值的逻辑起点——文学文本多层次结构问题》,《南开学报》2005年第2期。
② [法]罗兰·巴尔特:《符号学原理》,李幼蒸译,生活·读书·新知三联书店1988年版,第170页。
③ 刘俐俐:《一个有价值的逻辑起点——文学文本多层次结构问题》,《南开学报》2005年第2期。
④ 刘俐俐:《一个有价值的逻辑起点——文学文本多层次结构问题》,《南开学报》2005年第2期。

的民族世界正是叙事发生的场所，一切情节的开展都必须扎根在这个民族世界之中。

民俗甚至可以发生在茵伽登所谈的"形而上性质"的层次中，它可以是崇高的、悲剧性的、可怕的或者神圣的，它产生于客体世界之中，在民族文学中表现得更为明显，因为民族文学文本背后通常是一种异质的文化存在，它们特有的宗教传统、民族习俗造就了文本中一种本民族特有的氛围。像扎西达娃、阿来的作品中就氤氲着一种神秘的宗教气氛，产生了魔幻的文本效果，从而形成作品独特的"形而上性质"。

由此可见，民俗可以存在于文学文本各个层次之中，并生发出文学性。我们在面对民族文学文本的时候，在对作品进行审美的"重构"的时候，一定要从文本这个立体结构的各个层次出发，发掘其蕴含的民俗性，全面地把握作品，使批评话语和文本本身以及其他批评发生对话关系，形成批评的间性。①

3. 民俗给民族文学带来了地方性知识和多样性特征。民俗和民族性是息息相关的，也只有在民族的语境之中才能准确并公正地去评价民俗本身。这样民俗就给文学带来了全新的参照系，即民族性的知识或"地方性知识"（local knowledge）。它首先是对知识中"逻各斯中心主义"（logocentrism）的冲击，它拒绝一种先天的有效性，而将知识纳入其生成的语境中。由此，我们看待一种民族文学，一种地方性的文学样式，要还原到本来的语境中，将一种"内部眼光"和"外部眼光"结合起来，将"贴近感知经验"和"遥距感知经验"结合起来。② 只有抱有这种开放的相对主义的观点，才能真正做到对民族文学公正而全面的研究。这样，民族文学研究反

---

① 刘俐俐：《一个有价值的逻辑起点——文学文本多层次结构问题》，《南开学报》2005 年第 2 期。
② ［美］克里福德·吉尔兹：《地方性知识》，王海龙译，中央编译出版社 2000 年版，第 73—74 页。

过来再作用于其中的民俗表征。我们要认识到民族文学包括被描写的民俗都不是客观的记录,而应该看到其背后的民族精神内容。

4. 民俗是文学中民族文化身份的表征。关于民族文学中身份意识的思考由来已久,在民族文学发展的历程中,民族身份意识经历了"文化身份意识淡薄乃至丧失阶段"(指新中国之初到新时期开始之前)、"民族文化身份意识觉醒阶段"(新时期开始到80年代中期)以及"民族文化身份意识深化阶段"(80年代末以来)三个阶段①。民族文学中的民族文化身份的研究,是对创作主体的作家意识创作状态的研究,为审美理想、民族生活描写与叙述等方面研究打下了基础,开辟了广阔的空间。

民族文学在全球化语境下寻求更多的理解,往往采用了非母语写作或进行双语写作,这样便去除了自身语言这一天然的身份标签。怎样去彰显他们的民族身份,发扬民族文化,在民族集团中具有"自我阐释权",除前文所说的语言策略之外,还有一个重要手段便是凸显民族生活中的民俗特质。这样,民俗描写便成为创作"和"而不"同"的民族文学的重要手段之一。少数民族知识分子就是通过历史学、文学和民俗学对民族根源和特征的追寻,来完成对本民族文化共同体的建构。这在文本中体现为"对辉煌成就和伟人的集体记忆,荣誉和信义的价值观,正义及其相同的因素,神圣目标的象征、食物、服装和徽章,起源的神话,解放和选民的地位,以及传统和习俗,礼仪和宗谱等"②,少数民族文学对于这些方面的书写是题中应有之义。

5. 民俗书写提供了超越社会层面的审美属性。在"写文化"的时候,我们已经论述了包括民俗在内的民族要素和文学耦合时候所产生的缝隙与空间,由此便产生了民族志、民族文学、少数民

---

① 刘俐俐:《走进人道精神的民族文学中的文化身份意识》,《民族研究》2002年第4期。
② [英]安东尼·史密斯:《民族主义》,叶江译,上海人民出版社2006年版,第19页。

族非母语写作一系列的真实性与有效性问题。尤其是对民俗作真伪判断的时候，不论是"作家们摹拟民俗"还是"发明传统"，在文学中被描述的民俗在社会层面则具有真伪之分，但民俗的真伪，又不纯然是社会层面的问题，它在文本系统中还具有独立的审美属性。作为民俗的真实和作为文学的虚构之间的张力，正是民族文学中民俗的魅力所在，而两者之间的互动和博弈则是民族文学意义生成的空间。

第三节　伪民俗：非母语写作中 民俗书写的真伪问题

民俗与文学之间的关系，阿切尔·泰勒（Archer Taylor）曾概括为三种：在许多文化中，民俗与文学难以区分；文学中包含着来自民俗的因素；作家们摹拟民俗。①

前两点并不难理解，而对于"作家们摹拟民俗"，也就是作家有意识创造一种类民俗产品，相类似地还有一种以民俗的名义假造和合成出来的作品，它们都涉及对民俗的虚构和重塑。对于这一现象，多尔逊称之为"伪民俗"（fakelore），指的是冒充传统材料的"发明、收集和伪造"②。"伪民俗是打着地道的民间传说的旗号，假造和合成出来的作品。这些作品不是来自田野，而是对已由文献和报道材料不断进行系列的循环反刍的结果，有的甚至纯属虚构。"③

---

① ［美］阿切尔·泰勒：《民俗与文学研究者》，见邓迪斯主编《世界民俗学》，陈建宪、彭海斌译，上海文艺出版社 1991 年版，第 54 页。
② Richard Dorson. *American Folklore*. Chicago：University of Chicago Press，1959，p4. 另见 Richard Dorson. *Folklore and Fakelore*. Cambridge：Harvard University Press，1976。
③ Richard Dorson. *Folklore. Zeitschrift fur Volkskunde*，1969，p60.

　　"伪民俗"大致有如下三种形态：包括"根据书面材料，依凭个人理解综合不同民俗整理形成的伪民俗"①、"立足于原有的民俗事象，对其不断地丰富、改写和扩充……将同类民俗资料加以对比、判断和叠合，进而组成新的民俗"②，以及"以原真民俗的主体和情感倾向，依据散落的民俗碎片及相关信息按照一定的逻辑序列排列组合起来，构成一项民俗的整体，以期复原先前的民俗状貌"③。不论哪种形态，"伪民俗"都是文化人出于某种动机的文化加工物，是对民俗加工整理和重塑的过程。

　　这一过程与民俗学本身很类似，"伪民俗"的兴起和民俗学也有同源性。"民俗学假借本土文化的发现和再发现，自浪漫主义时期以来一直在为民族运动服务"④，民俗学从建立伊始就与民族主义纠缠不清，"从争取民族语言权利和民俗的搜集和研究入手，在建构民族意识中，希望将一个民族对自己语言和民俗依赖代替统治者制造的所谓的'权威文化'，利用民族文化构建新的民族认同"⑤。而作为认同的手段，"通常所谓古代的遗产，悠久的传统，起源于埋没无闻的种族或亲属关系，都不过是人为的创造虚构，甚至伪造。但是，对于产生成员身份的意识来说，它们却是真实的心理基础"⑥。这便是"伪民俗"产生的根源。邓迪斯（Alan Dundes）认为："伪民俗显然满足民族心理的需要，即：表明某人的民族身份，特别是在危机关头；慢慢将自豪感灌注在这种身份里……理想的民俗，或许真的会满足民族认同的渴望，但在民俗缺少、不足处，

①　林继富、王丹：《解释民俗学》，华中师范大学出版社2006年版，第210页。
②　林继富、王丹：《解释民俗学》，华中师范大学出版社2006年版，第212页。
③　林继富、王丹：《解释民俗学》，华中师范大学出版社2006年版，第212页。
④　［德］瑞吉拉·本迪克斯：《探求本真性：民俗研究的形成·绪论》，见李扬译著《西方民俗学译论集》，中国海洋大学出版社2003年版，第75页。
⑤　孟慧英：《西方民俗学史》，中国社会科学出版社2006年版，第21页。
⑥　［美］米切尔·舒德生《文化与民族社会的整合》，见戴安娜·克兰《文化社会学——浮现中的理论视野》，王小章、郑震译，南京大学出版社2006年版，第21页。

充满民族热诚的富于创造性的作家们，就可以随心所欲来填补空白了。"①并且进一步说"伪民俗"的产生是和民族和文化的自卑感相关的，"如果说民俗根植于民族主义，伪民俗可说是源于民族的文化自卑感"②。这当然说得有些绝对，但它在起源上与民族主义的关系是毋庸置疑的，它符合 19 和 20 世纪民族主义"创造一种为人们所认同的象征性客体和活动"③的迫切要求，这也就是为什么"伪民俗"生产在民族文学中尤为明显的原因。

那么"伪民俗"的制作者一般是什么人？对于他们的身份，正如霍布斯鲍姆(Eric Hobsbawm)所说，是一种"文化工程师"，通常他们的身份具有双重性。这种双重性使他们对异文化中自身的处境和地位有着充分的认识和理解，进而在系统中极力塑造一个文化的他者形象(通常也是依靠异民族非母语的话语来建构的)，而这种人造的"异"通常都指向一个深层次的意识形态目的，或为了满足民族认同的需要，或为了迎合市场的需求，或为了获得文化上的满足感，总之被描述的民俗不是前现代本真的习俗，而是现代修辞的产物。就像在人类学中"倒置的民族志"，"民族吸收了专业的人类学知识，并使这些术语处于其他各种可替换的知识方式的对比状态之中使之相对化"④。所描绘的民族(民俗)已经是有意改造后的产品了。

"伪民俗"是一种"被发明的传统"(invented tradition)。或者换句话说，"被发明"的传统是多尔逊"伪民俗"概念的委婉表达⑤。"'被发明的传统'意味着一整套通常已由被公开或私下接受的规

① Alan Dundes. *Nationalistic Inferiority Complexes and the Fabrication of Folklore. Journal of Floklore Research*，1985(22).
② ［美］阿兰·邓迪斯：《伪民俗的制造》，周惠英译，《民间文化论坛》2004 年第 5 期。
③ Alan Gailey. *The Nature of Tradition. Folklore*，1989(2).
④ ［美］马尔库斯、费彻尔：《作为文化批评的人类学》，王铭铭、蓝达居译，生活·读书·新知三联书店 1998 年版，第 61 页。
⑤ Ronald Baker. *Tradition and the Individual Talent in Folklore and Literature. Western Folklore*，2000，p107.

则所控制的实践活动，具有一种仪式或者象征特性。试图通过重复来灌输一定的价值和行为规范。而且必然暗含过去的连续性。事实上只要有可能，它们通常就试图与某一适当的具有重大历史意义的过去建立连续性"①。"伪民俗"也接近德国民俗学家汉斯·莫泽（Hans Moser）提出的"民俗主义"（Folklorismus）概念。汉斯·莫泽区分了三种不同形式的"民俗主义"：民俗文化的表演脱离了原初当地的语境；其他社会阶层对游行母题的戏仿；为各种不同的目的在一切已知的传统之外对民俗的发明和创造。② 它同样"出现在引起文化失落感和文化行为不安感的文化转型的时期。复兴式填补这类失落感的一种方式"③。它可以被看成"一种智识上的产物，它是一种次生的复杂现象与过程，其中包含着审美地——或与之相反，经济地——对传统地领域进行利用和转化"④。我们在"伪民俗""被发明的传统"和"民俗主义"中都可以分辨出这种民俗制造的功能性和目的性，或出于政治上，或出于商业上，当然也包含文化上和审美上的目的。

"伪民俗"是民俗生产的特殊产品，但并不鲜见。对于作家摹拟或者创造民俗，在文学系统中较之真实田野更加广泛，在民族文学中尤为明显，这就是民族文学中的"伪民俗"书写。比如英国人詹姆斯·希尔顿（James Hilton）于 1933 年写作的小说《消失的地平线》（*Lost Horizon*），就创造了香格里拉（shangri-la）这个美丽的乌托邦，小说是受探险家约瑟夫·洛克（Joseph Rock）从 1924 年到 1935 年在云南省西北部探险期间在《国家地理杂志》发表的系

① ［英］霍布斯鲍姆、兰格：《传统的发明》，顾杭、庞冠群译，译林出版社 2004 年版，第 2 页。
② Venetia J. Newall. *The Adaptation of Folklore and Tradition* (*Folklorismus*). *Folklore*, Vol. 98 , 1987(2), p131.
③ ［德］瑞吉纳·本迪克斯：《民俗主义：一个概念的挑战》，见周星主编《民俗学的历史、理论与方法》下编，商务印书馆 2006 年版，第 869 页。
④ ［德］瑞吉纳·本迪克斯：《民俗主义：一个概念的挑战》，见周星主编《民俗学的历史、理论与方法》下编，商务印书馆 2006 年版，第 872 页。

列文章和照片的启发虚构而成的，其中具有大量想象的成分，比如作者所描写的香格里拉喇嘛寺中，有中央供暖设备、现代化的浴缸、各种手工艺术珍品、藏书极丰的图书室，摆放着钢琴弹奏莫扎特和肖邦的名曲等，便是典型的"伪民俗"描绘。书中提到的香格里拉、卡拉卡尔山、篮月谷、纳西文化等都引起了人们浓厚的兴趣，为旅游提供了丰富的资源。人们努力证实这个虚构地点的存在，香格里拉变成了一个重要的文化符码。这种典型的民俗创造与生产其实在文学文本中并不罕见，尤其成为民族文学文本中的一个特异征候和一个有价值的文学分析的逻辑起点。

1."伪民俗"参与建构了文学文本效果。毋庸置疑，被描述的"伪民俗"让文学文本故事更加好看了，形成了文本的"景观化"，也就是居伊·德波(Guy Debord)所说的"一种被展现出来的可视的客观景色、景象，也意指一种主体性的、有意识的表演和作秀"①。文学中的"伪民俗"也是这样被建构、被展示、被观看的"景观"，"景观"都是对社会本真在场的遮蔽，同样，"伪民俗"所塑造的文本景观，也是对民俗本真的加工、虚拟、模仿和再造。这种"景观化"是少数人针对多数人观赏的某种表演②，文学的观看变成了"景观"的观看，比如"在《尘埃落定》中景观化的叙述在作品文本中有多处：叙述土司麦其家的行刑人尔依家的情形，介绍银子和黄金的开采，金子和银子的比较，介绍麦其土司家族的发源，再如耳朵开花的奇特想象，松巴头人献上的灵药，下棋的规矩等，都是极奇特的。这些历史资料和传奇色彩浓郁的场景确实构成了藏族风俗画。构成了非常'好看'的场景"③。好看的"景观"成为文学趣味和文学性来源，文本效果某种程度上是建立在"伪民俗"的景观展示基础上的。

---

① ［法］居伊·德波：《景观社会》，王昭风译，南京大学出版社 2006 年版，第 10 页。
② ［法］居伊·德波：《景观社会》，王昭风译，南京大学出版社 2006 年版，第 11 页。
③ 刘俐俐：《民族文学与文学性问题》，《民族文学研究》2005 年第 2 期。

2. "伪民俗"的创造背后是作家的文化身份和民族的文化语境。在"伪民俗"生产的文学文本中,作家的身份是在增生的,作家并不是直接的民族文化和民俗的代言人,而更像一种霍布斯鲍姆所说的"文化工程师"。这些作品"是文化工程师们深思熟虑和固定的创作,这些工程师们伪造象征物、仪式、神话和历史,以适合工业和民主动员的需要,以及被政治化的现代大众的需要"①。当然创造的初衷并不一定出于"与某一适当的具有重大历史意义的过去建立连续性"政治需要②,同样也可能是市场或文化行为。作者将民俗材料通过移置、改造、重构、模仿、虚拟等方式创造文本世界中的民俗景观,其实是一种文学和民俗的中和物。

同时,文本中"伪民俗"的生产背后是作家所处的民族文化语境和的文化感觉。除去消费主义的"伪民俗"书写目的,民族文学中对民俗进行创造的作家往往处于"引起文化失落感和文化行为不安感的文化转型的时期"③,一方面对自身文化具有强烈的感情(自豪或者自卑),另一方面对自身在异文化中的处境和地位有充分的认识,于是他们通过民俗的展示和发明,来获得自身的异质性,成为文化的"他者","伪民俗"的创造就是生产这种异质性和他者形象。但因为作者所使用的话语体系往往是非母语和他民族的,本真的民俗被剥离了语境是很难被接受和理解的,这样改造或创造的民俗其实是一种折中的途径,用更符合普遍性审美的方式塑造包含民俗元素的"伪民俗",实现以民俗为对象的民族文化的有效传播。

3. 民族文学中的"伪民俗"不一定是单独的民俗事象,也可能

---

① [英]安东尼·史密斯:《民族主义:理论,意识形态,历史》,叶江译,上海人民出版社 2006 年版,第 83 页。
② [英]霍布斯鲍姆、兰格:《传统的发明》,顾杭、庞冠群译,译林出版社 2004 年版,第 2 页。
③ [德]瑞吉纳·本迪克斯:《民俗主义:一个概念的挑战》,见周星主编《民俗学的历史、理论与方法:下编》,商务印书馆 2006 年版,第 869 页。

是场面、情节乃至母题。比如一种非常普遍的"民族地理发现与再发现"的母题，像《消失的地平线》对"香格里拉"（滇藏地区）的发现，甚至《马可·波罗游记》对中国的发现，这种对异民族的"发现"展示的是他者眼光下的"新奇"，便是伪民俗滋生的土壤。

又如一种新的民族叙事文本（方式）被发现的母题，故事中"嵌套"的叙事文本本身是虚构和被创造的，但故事中的叙事文本又体现了民族文化与民族精神，其中就包含了民俗的书写。比如藏族作家扎西达娃创作的小说《西藏，系在皮绳结上的魂》叙述了这样一个故事："我"去藏南的扎妥寺拜见即将辞世的活佛桑杰达普，活佛向"我"讲述了两个康巴青年寻找人间净土"香巴拉"的故事，而这个故事和"我"虚构的一部小说一模一样，"我"回家取出小说读后，按照小说的情节找到了小说的主人公并和他们发生了一段故事。这种叙事不单关乎技巧，更是在现代社会中对藏族宗教传统、民族思维的隐喻表达，是一种全新的"现代神话形式"。还有像19世纪波兰作家波托斯基（Jan Potocki）所写的《萨拉哥萨手稿》，书中描写年轻的军官阿方斯，在穿越西班牙的途中发现一部书稿，便沉醉其中，进入这个新的叙事的魔幻故事。作品采用繁复的套层结构，同时充斥着一些民间传说和习俗的描写，这些充满犹太教神秘主义色彩的民俗描写不纯然是真实的，但却和民族文本的叙事形式相吻合。

还有一种母题，表现出一种"出走—归来"的行动路径，在行动过程中难免有对民俗的创造和误解，它与民族志写作者的行动轨迹恰好相反。在"在这里"（being here）—"到那里"（being there）—"回这里"（being home）的序列中，民族志是将"这里"放在西方/现代/多数族群之中，而它则把"这里"放在东方/传统/少数族群之中，体现了一种民族意识的自觉。比如印度裔英籍作家奈保尔所写的《博加特》，小说对博加特几次出走和归来的行动描写充满了"不定点"，他的每次出走和归来，都带来一种文化上的碰撞。20世纪30年代汉族作家艾芜经历了一次西南边陲的异域漂泊，写成了《南行记》，半个世纪后苗族作家李必雨经历了相同的边地流浪，完成了《野玫瑰与黑郡主》《猎取头人的姑娘》等小说，他们在精神上一脉相承，激活了云南少数民族文学，使其"开始更其自觉、更其有力地刻画特异地域中的特异性格"①。虽然在这个过程中不可避免有民族作家对路径中"伪民俗"的展示，也有旅行的异民族作家对"民俗"的误读，但正是这种"出走—归来"带来了文化间的接触和碰撞，也带来了"伪民俗"的滋生和阐释的空间。

邓迪斯认为以民俗的名义进行有意创作，"有一部分是审美的，但最终是资本主义的。其目标不是商业获利，而是意识形态的宣传。民俗被认为可以证明某种特殊政治观念的有效性和正确性"②。当然民族文学中"伪民俗"的制造比这个情况要复杂得多，从效果出发，我们也应该对文学中的"伪民俗"作更多元和立体的解读。

1. 少数民族文学中的"伪民俗"书写，是以少数民族作家民族文化身份自觉为前提的。"在这个理论框架中，日益明显的是，有意识地使用民俗，的确不再非同寻常。它成为拥有复杂文化的人们积极塑造其文化而不仅仅是被动地被文化塑造的日益增长的倾向的一部分"③，也就是民族作家追求文化认同的策略。另外，文学文本中的民俗描写从来不是一个孤立事件，也不是偶然的发明，"文学作品取材于口头传说久已成为了一个光荣的传统"④。在这个过程中，民族作家有意识地改造是难免的事情，"伪民俗或许跟民俗一样同为文化必需的一个成分"⑤。

---

① 关纪新：《20世纪中华各民族文学关系研究》，民族出版社2006年版，第196页。
② ［美］阿兰·邓迪斯：《民俗解析》，户晓辉译，广西师范大学出版社2005年版，第32—33页。
③ ［美］阿兰·邓迪斯：《民俗解析》，户晓辉译，广西师范大学出版社2005年版，第33页。
④ ［美］阿兰·邓迪斯：《伪民俗的制造》，周惠英译，《民间文化论坛》2004年第5期。
⑤ ［美］阿兰·邓迪斯：《伪民俗的制造》，周惠英译，《民间文化论坛》2004年第5期。

2. 在真实的生活世界中，"伪民俗"给民族群体带来的"涵化"(acculturation)影响同样真实存在，它其实涉及文化变迁的问题，但民族文化从来也不是一种静态过程，而是处于变动之中，"伪民俗"的创造也是大卫·维斯农(David Whisnant)所说的一种"系统的文化干预"(systemic cultural intervention)。在民俗"新"与"旧"的互动过程中，我们应该更加客观地看待民俗"真"与"伪"的问题，而不要陷入本质主义的陷阱中去。另外，生活世界中的"伪民俗"其实绝大多数是有商业取向的，商业中的民俗应用是最大的"伪民俗"生存空间。民俗旅游难以做到真正意义上的文化沟通，"因为旅游者和当地居民之间建立起来的关系是短期性的，肤浅的，功利性的"①，民俗旅游是一个典型的对民俗的误读过程。但不可否认，在商业空间中民俗制造的"舞台真实"(staged authenticity)其实是民俗表演者和观众之间的共识，并不是所有观众都会预设这种展示的"伪民俗"就是民俗本身。对于民俗持有者而言，通过"前台"(the front stage)与"后台"(the back stage)的保护机制，会淡化"伪民俗"的"涵化"作用，所以"伪民俗"的消极影响某种程度上是被夸大的。这些是对于生活世界中的"伪民俗"生产而言，对于文学空间中的"伪民俗"生产，就更容易接受和理解了，因为文学本身的虚构特征部分消解了"伪民俗"的虚构性，文学空间中的"伪民俗"虽然也可能像《消失的地平线》那样影响到生活世界，但这种影响往往集中在商业领域文学作为一种展示资源，而没有深刻影响到民族文化精神的培育与传承。

3. 民族文学中的"伪民俗"书写毕竟涉及民俗的真伪问题，而且在民俗学框架中，这些民俗描写是确定无疑的"伪民俗"，但"伪民俗"只是代表它与真实民俗的区别，某种程度上它又是符合"舞台真实"的，这种"象征性的真实"是多元真实性的一种。而在民族

---

① 马翀炜：《民族文化的资本化运用》，《民族研究》2001 年第 1 期。

文学空间中的"伪民俗",其实提供了一种"文学真实"(literary authenticity),如同在旅游展示空间中,民俗的生产在系统中是自洽的一样,文学空间中的"伪民俗"也是自洽的。某些时候,文学中的"伪民俗"并不是内容问题,而是技巧问题,不是民俗问题,而是文学问题,这需要区别看待。所有民族文学中的民俗书写,都要放在文学的框架中去审视,在文学内部,就如同阿来所说:"他们并无奇风异俗,只是有如一面诚实的镜子,映照着人们难以觉察的自我本相。"①

4. "文学真实"中的民族文学"伪民俗"描写,提供了民俗的"文学前台",通过文学的民俗展示,某种程度上恰恰保护了生活世界中的真实民俗,通过文学这一加工的人工物,拉开了与生活世界中民俗"后台"的距离。这种距离使得"伪民俗"的"涵化"作用被削弱,同时又起到了民俗的唤醒作用,让更多的民俗元素被激活,为民俗的复兴提供某种契机。这样其实"伪民俗"的问题已经退到了一个次要的位置,由于被讨论、被关注和被前景化,"许多被遗忘的'传统'因它而被激活"②。这引发了什么是真正的民族文化的进一步思考,很多"伪民俗"意义不在其本身,而在于它所产生的施动活动——起到一种民俗催化剂的作用。

---

①　阿来:《熟悉的与陌生的》,《民族文学》2009 年第 10 期。
②　马翀炜、陈庆德:《民族文化资本化》,人民出版社 2004 年版,第 198 页。

结语：作为方法的少数民族作家非母语写作

　　曾经有学者从少数民族身份的建构性出发，指出了少数民族作为研究方法在知识论上的意义。

　　（将少数民族作为方法）让知识界对于社会科学家追求客观事实的努力，反而视为知识的危机。社会科学家假定的不变与客观性，是建立在不变的身份假定上，使得研究者本身的位置不受挑战，以致研究活动所传达的身份主张掩饰其后，造成研究对象行为意义的演化难以表达。这就是为什么从被定位为少数民族的人的眼光来看世界时，可能对研究者的身份有很不同的启示。①

　　同时也指出了少数民族的三种不同分析起点，分别是：

　　1. 现代化作为分析起点。也就是通过现代化的过程来理解和认识少数民族的发展阶段。这样，少数民族被纳入一种线性历史中来，将少数民族和主流民族的空间化差异转化为时间性差异，将少数民族和主流民族的差距从空间放入时间系统之中，由此少数民族成为目的论历史的初级阶段，而少数民族要走的路便是主

---

① 石之瑜：《社会科学知识新论：文化研究立场十评》，北京大学出版社 2005 年版，第 216 页。

流民族已经走完的路。很显然，现代化作为分析起点就是在社会进化论的操纵下，将所有民族放入一个共同的路径中来，而民族之间的差异往往不是文化上的不同，而是在经济上发展的快慢，以及每个民族在占有文化资本上的多寡。这样，少数民族往往被定位为有待发展的群体，这显然是具有很大的问题。

2. 国家作为分析起点。"在国家的角度里所关切的，通常就是政治体制安定，并能提升其国民素质。"①在民族国家范围内，包括少数民族在内的所有公民都是被个人化的，每个人通过公民的身份来参与国家的政治实践，而公民身份的边界远远突破了民族身份的边界。国家以公民为单位来组织公共生活，不管个人的民族身份如何，作为公民都是平等的主体，都具有参与国家政治的权利。民族身份当然重要，它同时也是一体的中华民族以及背后的民族—国家平等的组成部分。

在以国家为分析起点的研究中，关于民族有一个有趣的现象，那就是对民族文化的"挖掘"——"挖掘的意识让大家都相信，过去有这个特质存在，经由挖掘之后，族民就会找到具有代表性的各种活动"②。但在这种"挖掘"活动中，被重新发现的民俗是不是它的本真样式呢？或者它是不是直接虚构的"伪俗"？这和在文学范畴之内，寻找民族文学的源头一样，往往都有"伪俗"存在的空间。

3. 全球化作为分析起点。全球化的论述改变了前两种叙事中对少数民族身份的淡化，转而强调少数民族之间的差异性。"只有在每个少数民族一定可以相互区别的条件下，才有谈论跨越疆界的意义。全球化作为一种跨越疆界的论述，需要先帮助且保留每个少数民族自己的特色，才有疆界可以被跨越。每个地方所谓

---

① 石之瑜：《社会科学知识新论：文化研究立场十评》，北京大学出版社2005年版，第218页。
② 石之瑜：《社会科学知识新论：文化研究立场十评》，北京大学出版社2005年版，第219页。

的民族特色，一旦通过全球化语言翻译或其他社群都能消费的东西，并同时消费代表其他社群的商品，全球化的宣告就不证自明了。"①

其实，阿尔君·阿帕杜莱（Arjun Appadurai）早就指出全球化当中，文化并非只趋向同质化，反而在各种流动与断裂中，往往见到异质性的产生。而"全球互动的中心问题是文化同质化与文化异质化之间的紧张关系"②。同样，阿帕杜莱还提出了"图景"（scapes，一译"景观"）的概念，以观察全球文化流动的宏观过程，它包括五个方面的维度：人种图景（ethnoscapes）、媒体图景（mediascapes）、科际图景（technoscapes）、金融图景（financescapes）和意识形态图景（ideoscapes），"图景"表明了这些景观的流动和不规律性。并且它们是"深受不同视角制约的建构，随着不同角色的历史、语言和政治境遇的不同而发生扭曲和变形"③。而在全球化的过程中，"进行翻译的人取得了全球化论述者的地位，被翻译的人则居于地方差异的位置，所以地方特色所指的是全球翻译者所能看得懂且翻译得了的特色，因此难免有观光心态在其中"。④

这三个研究层次，同样也作用在少数民族作家的非母语写作行为上，从而在背后体现出典型的翻译特征，它涉及不同语言和文化间的转换和对译。这种特殊的性质，为文学研究提供了一种特殊的方法。

在以往的少数民族文学研究中，往往用西方"大写的"文学概念去统摄所有的少数民族文学，包括"小写的"民族文学和少数民

① 石之瑜：《社会科学知识新论：文化研究立场十评》，北京大学出版社 2005 年版，第 221—222 页。
② ［美］阿尔君·阿帕杜莱：《全球文化经济中的断裂与差异》，见汪晖、陈燕谷编《文化与公共性》，生活·读书·新知三联书店 1998 年版，第 527 页。
③ ［美］阿尔君·阿帕杜莱：《全球文化经济中的断裂与差异》，见汪晖、陈燕谷编《文化与公共性》，生活·读书·新知三联书店 1998 年版，第 529 页。
④ 石之瑜：《社会科学知识新论：文化研究立场十评》，北京大学出版社 2005 年版，第 222 页。

族作家非母语写作现象。这样就造成了我们在认识少数民族文学时对象的断裂：一方面，少数民族文学被认为是那些民族内部的悠久并且庞大宏阔的民间叙事，也就是民族"小写的"文学范畴；另一方面，少数民族文学又被直接等同于现代的民族作家的非母语作品，在这些作品中，往往就像查尔斯·拉森(Charles Larson)在《非洲小说的兴起》一书中评论彼德斯(Lenrie Peters)的小说时所说：这部小说仅仅在开头的评论中涉及非洲，它的故事其实可以放在南部美国或法国或意大利南部去，如果这部小说的人物和地方的名字改变的话，它完全可以被视为美国小说①。

除此之外，广大的民族母语文学常常会被一般读者甚至研究者忽略掉。而对于被少数民族文学所吸纳的范畴，一种是民族原生的"小写的"文学类型，一种是衍生的西方的"大写的"文学概念，虽然两者之间并非完全绝缘，但我们并不能轻易找到两者之间的联系。我们很难在为数不少的非母语作品中找到基本的民族特征，遑论从传统的民族形式中继承文学基质；同样我们也很难认为，正是那种民族"小写的"文学形式通过"基体"的改造，形成现代的这种非母语作品。

所以少数民族文学非母语写作的研究提供了某种方法论，少数民族文学不再是那种"大写的"文学概念，而是民族传统的"小写的"文学。那么将少数民族文学作为方法，就不只是将少数民族文学作为研究对象，而是将它作为知识产生和转化的媒介，同时也是自身发现/再发现的内在动力。

而对非母语写作研究的启示，尤其是在文化翻译视野下，首先就是要揭示"少数民族文学"的建构性，消解"少数民族文学"的本质性。它不是作为自在的对象而存在的，而是一个建构的产物。建构的起源就是主流民族，或者进一步说来源于西方的诸种"文

---

① 赵稀方：《后殖民理论》，北京大学出版社 2009 年版，第 41 页。

学"思想。就像陈光兴先生所指出的，"长久以来，我们其实一直都在进行'比较'研究：以欧美理论对照在地经验。这种长期的比较已经形成耳熟能详的抱怨：西方具有普遍性的理论，我们有的是特殊的实证数据，在书写的呈现上，'我们'变成支持或是否定这些理论命题的脚注，也就是早已形成的有理论基础的研究者（theoretically minded researcher）与本土情报员（native informant）之间的关系"①。

在过去很长的时间里，主流知识话语支配着少数民族文学知识的生产。而"少数民族文学"则是作为实现少数民族现代性的一个环节。所谓的"现代"概念本就是西方的产物，并一直延伸到中华民族（民族国家式的）的论述之中，那么由此产生的少数民族文学必定不能摆脱这样的论述框架。在主流民族文学思想的深刻影响下，少数民族的文学实践不仅复制了它的知识生产的体系，同时也挪用了现代文学先发地区的分析范畴，以其理解少数民族文学。就像在意识形态主导的时期，少数民族的作品同样也被政治性地解读。

因为少数民族文学被改造成大写的"少数民族文学"，标准的改变，使得少数民族文学只能在外部求得理解和尊重。在这种外部的语境下，少数民族文学内部的知识是不具有生产性的，因而陷入了深深的焦虑之中。而只有将少数民族文学本身作为方法的起点，才能透过被话语掩盖的文学事实，去解释自身（包括少数民族内部各个部分）的困境，走向一种更为广阔的可能性。

新时期，少数民族文学研究取得了令人瞩目的成就，尤其是多民族文学史观的提出与在文学研究实践中的运用，在少数民族文学认识论和方法论领域都取得了巨大的成就，出现了像朝戈金的《"多长算是长"：论史诗的长度》、李渊源的《口传史诗诗学：冉皮

---

① 陈光兴：《去帝国：亚洲作为方法》，台湾行人出版社 2006 年版，第 364 页。

勒〈江格尔〉程式句法研究》、尹虎彬的《古代经典与口头传统》、扎西东珠和王兴先编著的《〈格萨尔〉学史稿》、阿地里·居玛吐尔地的《〈玛纳斯〉史诗歌手研究》以及托汗·依萨克、阿地里·居玛吐尔地、叶尔扎提·阿地里编著的《中国〈玛纳斯〉学辞典》、斯钦巴图的《蒙古史诗：从程式到隐喻》等对少数民族"小写的"文学深入研究的典范。也出现了《中华文学通史》《中国当代少数民族文学史论》《中国诗歌通史·少数民族卷》《中国各民族文学关系研究》《南方民族文学关系史》《中国少数民族文学比较研究》这样的多民族文学史观下的少数民族文学史研究成果。还出现了《多民族文学观与中国文学研究范式转型》《现代中国与少数民族文学》《文学共和》《当代人口较少民族文学的审美观照》《"走出"的批评》《寻找：共同的宿命与碰撞——转型期中国文学多族群及边缘区域文化关系研究》这样的有着理论自觉和文本解释力的研究作品。① 但即使如此，少数民族文学批评仍然处在不断深化的过程中，还需要更多元和强有力的理论解释工具。曾有研究者概括"民族文学"批评研究的理论的现状是"文学批评尚未建立起最大限度迫近与强有力地照射批评对象的理论框架和话语系统"，"还没有自己全向度的理论平台"②。"宏观理论系统性、理论性的欠缺"和"微观批评的空泛"③。究其原因何在？有学者认为，"一方面是由于少数民族作家文学的边缘性地位并没有得到解决相反有日趋严重的倾向，另一方面也是由于批评者话语系统的陈旧有关"④。

　　而去发掘被"大写的"文学遮蔽的"小写"文学传统和建立少数民族文学批评的独特性正是非母语写作研究的重要启示。当然并

① 李晓峰：《新中国 70 年少数民族文学：在全面发展中走向辉煌》，《文艺报》2019 年 9 月 6 日。
② 关纪新：《打造全向度的民族文学理论平台》，《西南民族大学学报》2004 年第 12 期。
③ 姚新勇：《对当代民族文学批评的批评》，《文艺争鸣》2003 年第 2 期。
④ 刘大先：《当代少数民族文学批评：反思与重建》，《文艺理论研究》2005 年第 2 期。

不是说研究少数民族文学必须由少数民族内部的人来进行，就像民族之外的研究者无法避免囿于不同概念框架制约而造成的盲目性；民族之内的研究者同样无法避免框架之内讨论问题所带来的视野的有限性。相反，"外在于研究对象的深度分析，常常会有一语惊醒梦中人的重要效果，反倒是当地人置身复杂的网络当中，有时无法有批判距离地进行分析。但是，同时我们也要清楚地看到，这些研究都不是孤立的个案，而是发生在特定的知识传统当中，问题意识往往是在其体系内部进行对话，于是无法确切掌握分析对象的内在逻辑与动力"①。

关于少数民族作家非母语写作研究的启示以及它对整体文学研究的影响，其实我们还需要注意几个方面。

首先是翻译的问题，也就是非母语写作的文化翻译。但是我们如果局限于民族内部进行理论思考，一样也面临着向外表达的困境。少数民族语言的弱势，使得他们在选择的时候并没有多少自主性，如果仅仅满足于在有限的圈子里完成少数民族文学的观照，那么它被提出的意义就会大打折扣了。而一旦试图将这种少数民族文学的方法传递出去，那么在"少数民族文学"（"大写的"文学）中面临的文化窘境又会再度出现，只不过是转移到文学批评的文本上来了。

其次，对于被建构的"少数民族文学"而言，它缺乏整合的力量，非母语写作的普遍化某种程度上也是由于这个原因。或者换言之，它的力量太过宽泛，被裹挟其中的种种文本或许不具有相似性，或许这种相似性只是一种普遍性而已。就像在中国的"少数民族文学"范畴之内，很难说藏族文学和维吾尔族文学之间的差异远远小于它们与汉族文学之间的差异（对现代的"民族文学"而言，它们更多的是同，而不是异，因为两者都是对"大写的"文学的接受）。

---

① 陈光兴：《去帝国：亚洲作为方法》，台湾行人出版社 2006 年版，第 365 页。

而这些被定位为"少数民族文学"的作品唯一的共同点恐怕就是它们"杂合"的性质：既是本民族的，也是汉族的；既是本质化的，又是被建构的；既是充满革新精神的，又是缺乏动力的；既是地缘的文化现象，又是普遍的文本存在。另外，"少数民族文学"还经历了总体化（totalize）的危机，其中包含的多元性和复杂性被抛弃掉，而变为统合的资源和主流民族文学相对照，我们甚至可以声称，少数民族文学比主流民族（比如汉族）文学更好地代表这个民族国家的民族性，因为西方现代性对汉族文学的影响已经无以复加，除了语言的差异我们几乎看不出来汉族文学与西方文学的差别；汉族自身在民族语境中没有自我指涉性，又使汉族缺乏民族性的表述，那么在某种程度上而言，少数民族更能代表中国作为他者的差异性，而跟西方区别开来。

再者，我们完全将现代观点作为舶来物是没有根据的，同时也是过于绝对化的，这样就不能很好地去解释为何这些概念能够被少数民族文学很好地接受，并且使用。在文明之间、文化之间自古就存在着交互的影响，异质的因素也是自始至终存在于民族的内部的，只是在现代观念的照射下，它们被唤醒，并从边缘移向了中心位置。某种程度上，现代性并不是在少数民族中被创造出来的，而是被再造出来，被夸大和前景化了。这样，否定少数民族之外的现代性，也是对少数民族自身多元性的否认。所以某种程度上，非母语写作又是一种必然。

不管是将少数民族文学看作发展的初级阶段，得出有待提高的结论，还是立足于文学的民族主义，将少数民族文学看作是更为纯粹的文学表达，都没有逃出文学现代性的壳中，仍然在文学进步/落后、好/坏的判断中打转，而忽视了我们需要挑战和改造的不是对少数民族文学的贬低或者拔高行为本身，而是要改变高/低这种现代知识框架，将每一种文学还原到民族自身的语境中考察它的意义，用地方性知识去研究它，而不是评价它。

对对象的全盘否定和全盘肯定都是"反历史的"。"反历史的"观点必然无法实现对历史的正确解读。沟口雄三给出的答案是，暂停，也就是暂时搁置所谓的好坏评价，将欧洲、日本、中国历史化地来看待，看各自的历史如何对当下造成最为根本的制约关系，并因而造成了彼此之间的差异。①

最后少数民族作家非母语写作的研究，不但是一种认识论的立场，更是一种方法论上的探索。只有当我们将其运用在文本实践之中，它才获得它原始的意义。

我们应该去关注那些少数民族中母语写作的文学实践。因为只有母语写作，其中大量的民族文化信息才得以保存，才是传统的"小写的"民族文学的现代形态，并不是说母语写作就是一成不变地延续民族"小写"文学传统，从口头到书面文学的转变就是很好的反例。只是母语文学更加类似于沟口雄三所说的文化"母体"或者"基体"，虽然文学"基体"在"大写的"文学冲击下，必然也会带来影响和转变，但是就像沟口雄三著名的"蛇蜕皮"的隐喻，"所谓蜕皮，是一种重生；在不同的角度下，再说是新生；但是蛇并不因为蜕皮后，就不是蛇了"②。它并不会改变基本的文学形态。这种"基体展开论"意味着将少数民族"小写的"母语的文学看作民族文学的"基体"，而对它的研究对少数民族文学而言是充满责任和意义的。

我们还可以在文学微观研究上提供一种操作的可能性。比如在藏族诗学中（它受印度诗学影响很深），就存在诸如"phun-chogs-phun-sum-chogs-pa""sbyar-b""rab-rtog"等概念，这些概念在汉译时被译作"圆满""和谐""浪漫"，但其意义和汉语中这三个词原始的含义并不完全一致。"在藏族文论中，'圆满'含有圆满、兴盛、完善、齐全、富足等意；'和谐'含有组合、连结、紧连、配合、结

---

① 陈光兴：《去帝国：亚洲作为方法》，台湾行人出版社 2006 年版，第 395 页。
② ［日］沟口雄三：《作为"方法"的中国》，林右崇译，台北编译馆 1999 年版，第 44 页。

合等意；'浪漫'是指对有生物或者无生物的原有状态，按诗人想象加以虚构，使其具有另一种状态；这与汉族文论中'浪漫'概念有契合之处，但又不尽相同。"另外，像藏族文论中也存在着汉族文论中纪委罕见或者根本没有的内涵多样杂陈的概念范畴，比如"'味'（姿态）这极为重要的概念，就有八种不同的名称及定义之分，如艳情、英勇、暴戾、恻隐、厌恶、滑稽等"。①

再比如，彝族文论中就存在大量与西方文论和汉族文论不相一致的范畴：骨、肉、血、风、主、体、根、影、平、扣、连、对、立、惊、采、神、色，等等。"而这众多概念之中，居于核心地位的是'主'。它是黎族文论的理论母题，它与其许多概念（如干、体、题、骨、景、韵、根、影，等等）相结合，便派生出新概念（如主干、主体、主题、主骨、主景、主韵、主根、主影）。"②

虽然用汉族的文论概念去概括少数民族文论并不是最为合适的做法，但它本身并不造成最为严重的后果：那就是现代性的概念将这些民族文论的原始意义吞噬殆尽。而它只是涉及翻译上的痼疾（我们不得不去处理那些不可通约性的概念）和知识论上的表达问题，并不是说，我们用汉族语言翻译了少数民族文论，并用业已存在的汉语文论概念去指称它，就取消了理解的可能性，否则我们就会陷入相对主义的陷阱，滑向民族虚无主义的深渊。

另外，彝族文论中还有一种"以诗论诗"的文论形态，彝族文论中"几乎所有的著作都是用诗，而且都是用五言诗的形式写成（仅就用本民族语言文字口称或写作的文论而论）"③。造成这种特殊的文论形态原因多样：有学者认为其一便是彝族的诗性思维，不仅在文学理论领域，即使其他学科的论著，也多采用诗歌的形式。当然我们也可以从现代的文学生物学或者文本形态学方面论述诗

---

① 王佑夫：《中国古代民族诗学初探》，民族出版社 2002 年版，第 48 页。
② 王佑夫：《中国古代民族诗学初探》，民族出版社 2002 年版，第 68 页。
③ 王佑夫：《中国古代民族诗学初探》，民族出版社 2002 年版，第 95 页。

歌的原始性，但这种做法显然忽视了文学本身的审美特质，而采取了一种文学达尔文主义的观点，认为文学的文本形态也是线性进化和发展的。二是彝族文学理论还没有从文学中完全区分出来。"它们拥有双重身份，既是理论，又是作品；因而它们还保留着文学的表现形态——诗的体式和韵律。实际上，彝族文化宝库中的许多典籍，都是一种'科际混合'型的著作。"①

这么说同样蕴含着一种文学进化和现代学科分类的观点，它预设了文学理论必然要同文学相分离的命运，而一旦文学理论成为一个自足的整体，它对文学还有多大的指导或者指示意义就大大成疑了，文学理论就成为理论本身。虽然某种程度上这种诗化文论，更像是文论的前形式，文论最初总是寓于文学创作之中，也就是没有被很好地系统化。但这种理性和系统化不正是西方现代的产物吗？诗化的文论本身便在历时上增添了共时的意义，在时间上获得了空间的价值。

诗化文论，作为一种元文学（后设文学）的概念，即关于文学的文学，它首先还是文学的范畴，而不是特例的体系，用一般的文论不过是用另一种文学之外的思想（虽然它标榜来源于文学本身，但在文论发展史上我们可以清楚地发现，更多的文论资源不过来自哲学、社会学或者美学思想，也就是说我们在用文学之外的思想来验证文学本身，文学被看作是社会的一部分，而不是独立的世界）来研究文学。现代文论更像是一种用其他学科思想来研究文学对象，或者将文学作为材料来验证思想，反而是更远离文学的。所以非母语写作的研究以及少数民族文学理论给予我们另一种研究视野和方法，也许更能回归到文学本身。

---

① 王佑夫：《中国古代民族诗学初探》，民族出版社 2002 年版，第 95 页。

参 考 文 献

学术论著·中文部分

[英] 爱德华·泰勒:《原始文化》,连树声译,上海文艺出版社
   1992年版。

[澳] 安德鲁·文森特:《现代政治意识形态》,袁久红译,江苏人民
   出版社2005年版。

[英] 安东尼·史密斯:《民族主义:理论,意识形态,历史》,叶江
   译,上海人民出版社2006年版。

[英] 安东尼·吉登斯:《民族—国家与暴力》,胡宗泽等译,生活·
   读书·新知三联书店1998年版。

[匈] 阿格尼丝·赫勒:《现代性理论》,李瑞华译,商务印书馆
   2005年版。

[德] 爱克曼辑录:《歌德谈话录》,人民文学出版社1978年版。

[英] 埃里克·霍布斯鲍姆:《民族与民族主义》,李金梅译,上海人
   民出版社2000年版。

[英] 埃里克·霍布斯鲍姆、兰格:《传统的发明》,顾杭、庞冠群译,
   译林出版社2004年版。

[美] 埃里·凯杜里:《民族主义》,张明明译,中央编译出版社
   2002年版。

[美] 阿兰·邓迪斯:《民俗解析》,户晓辉译,广西师范大学出版社
   2005年版。

〔美〕阿兰·邓迪斯：《世界民俗学》，陈建宪、彭海斌译，上海文艺出版社 1990 年版。

〔法〕埃斯卡皮：《文学社会学》，王美华、于沛译，安徽文艺出版社 1987 年版。

〔美〕阿尔伯特·贝茨·洛德：《故事的歌手》，尹虎彬译，中华书局 2004 年版。

白靖宇：《文化与翻译》，中国社会科学出版社 2002 年版。

〔苏联〕勃罗姆列伊：《民族与民族学》，李振锡、刘宇端译，内蒙古人民出版社 1985 年版。

〔英〕本尼迪克特·安德森，《想象的共同体》，吴叡人译，上海人民出版社 2005 年版。

〔澳〕比尔·阿希克洛夫特等：《逆写帝国：后殖民文学的理论与实践》，刘自荃译，骆驼出版社 1998 年版。

〔法〕保尔·利科：《虚构叙事中时间的塑形》，王文融译，生活·读书·新知三联书店 2003 年版。

〔德〕本雅明：《机械复制时代的艺术作品》，王才勇译，中国城市出版社 2002 年版。

〔英〕查·索·博尔尼：《民俗学手册》，程德祺等译，上海译文出版社 1995 年版。

陈独秀：《独秀文存》，安徽人民出版社 1987 年版。

陈光兴：《去帝国》，行人出版社 2006 年版。

陈历明：《翻译：作为复调的对话》，四川大学出版社 2006 年版。

陈平原：《中国小说叙事模式的转变》，上海人民出版社 1988 年版。

〔俄〕车尔尼雪夫斯基：《车尔尼雪夫斯基论文学》下卷（一），辛未艾译，上海译文出版社 1982 年版。

陈永国编：《翻译与后现代性》，中国人民大学出版社 2005 年版。

蔡志纯、黄颢编：《活佛转世》，中国社会科学出版社 1992 年版。

［美］戴安娜·克兰编：《文化社会学——浮现中的理论视野》，王小章、郑震译，南京大学出版社 2006 年版。

丁伯铨主编：《中国新时期文学词典》，南京大学出版社 1991 年版。

［日］柄谷行人：《日本现代文学的起源》，赵京华译，生活·读书·新知三联书店 2003 年版。

［法］德勒兹、迦塔利：《哲学是什么》，张祖建译，湖南文艺出版社 2007 年版。

［法］达维德·方丹：《诗学——文学形式通论》，陈静译，天津人民出版社 2003 年版。

［美］杜赞奇：《从民族国家拯救历史》，王宪明译，社会科学文献出版社 2003 年版。

段峰：《文化视野下文学翻译主体性研究》，四川大学出版社 2008 年版。

［英］厄内斯特·盖尔纳：《民族与民族主义》，韩红译，中央编译出版社 2002 年版。

［法］福柯：《知识考古学》，谢强、马月译，生活·读书·新知三联书店 2004 年版。

［法］福柯：《规训与惩罚》，刘北成、杨远婴译，生活·读书·新知三联书店 1999 年版。

冯客：《近代中国之种族观念》，杨立华译，江苏人民出版社 1999 年版。

［美］弗雷德里克·詹姆逊：《语言的牢笼——结构主义及俄国形式主义述评》，百花洲文艺出版社 1997 年版。

［美］弗雷德里克·詹姆逊：《晚期资本主义的文化逻辑》，张旭东编，生活·读书·新知三联书店 1997 年版。

［德］弗里德里希·梅尼克：《世界主义与民族国家》，孟钟捷译，上海三联书店 2007 年版。

费孝通等:《中华民族多元一体格局》,中央民族学院出版社 1989
年版。

高丙中:《民俗文化与民俗生活》,中国社会科学出版社 1994
年版。

〔日〕沟口雄三:《作为"方法"的中国》,林右崇译,台北编译馆
1999 年版。

〔日〕沟口雄三、小岛毅等:《中国的思维世界》,孙歌等译,江苏人
民出版社 2006 年版。

桂乾元:《翻译学导论》,上海外语教育出版社 2004 年版。

关纪新、朝戈金:《多重选择的世界——当代少数民族作家文学的
理论描述》,中央民族大学出版社 1995 年版。

〔德〕哈贝马斯:《包容他者》,曹卫东译,上海人民出版社 2002
年版。

〔德〕哈贝马斯:《后民族结构》,曹卫东译,上海人民出版社 2002
年版。

〔德〕海德格尔:《存在与时间》,陈嘉映、王庆节译,生活·读书·
新知三联书店 2006 年版。

韩锦春、李毅夫编:《汉文"民族"一词考源资料》,中国社会科学院
民族研究所民族理论研究室 1985 年版。

〔美〕哈维兰:《文化人类学》,瞿铁鹏、张钰译,上海社会科学院出
版社 2005 年版。

黄裕生:《时间与永恒:论海德格尔哲学中的时间问题》,社会科学
文献出版社 2002 年版。

户晓辉:《民间文学与现代性》,社会科学文献出版社 2004 年版。

〔美〕J. H. 布鲁范德:《美国民俗学》,李扬译,汕头大学出版社
1993 年版。

〔澳〕J. 丹纳赫等:《理解福柯》,刘瑾译,百花文艺出版社 2002
年版。

［德］伽达默尔：《真理与方法》，洪汉鼎译，上海译文出版社 2004年版。

［美］吉尔兹：《地方性知识——阐释人类学论文集》，王海龙、张家瑄译，中央编译出版社 2000 年版。

［英］杰里米·芒迪：《翻译学导论》，李德凤译，商务印书馆 2007年版。

［德］卡尔·曼海姆：《意识形态与乌托邦》，黎鸣等译，商务印书馆2000 年版。

［美］卡尔·瑞贝卡：《世界大舞台》，高瑾等译，生活·读书·新知三联书店 2008 年版。

［美］柯文：《在中国发现历史——中国中心观在美国的兴起》，林同奇译，中华书局 2002 年版。

罗钢、刘象愚主编：《后殖民主义文化理论》，中国社会科学出版社1999 年版。

刘禾：《语际书写：现代思想史写作批判纲要》，上海三联书店1999 年版。

刘禾：《跨语际实践：文学，民族文化与被译介的现代性》，生活·读书·新知三联书店 2008 年版。

刘禾：《帝国的话语政治》，杨立华译，生活·读书·新知三联书店2009 年版。

李长中：《当代人口较少民族文学的审美观照》，社会科学文献出版社 2015 年版。

刘大先：《现代中国与少数民族文学》，中国社会科学出版社 2013年版。

李鸿然：《中国当代少数民族文学史论》，云南教育出版社 2004年版。

林继富、王丹：《解释民俗学》，华中师范大学出版社 2006 年版。

［英］卢克·拉特斯：《人类学的邀请》，北京大学出版社 2008 年版。

［英］罗兰·巴尔特：《符号学原理》，李幼蒸译，三联书店 1988 年版。

罗选民、屠国元主编：《阐释与解构：翻译研究文集》，安徽文艺出版社 2003 年版。

刘俐俐：《文学"如何"：理论与方法》，北京大学出版社 2009 年版。

刘俐俐：《中国现代经典短篇小说文本分析》，北京大学出版社 2006 年版。

刘俐俐：《外国经典短篇小说文本分析》，北京大学出版社 2004 年版。

［英］雷蒙·威廉斯：《关键词》，刘建基译，生活·读书·新知三联书店 2005 年版。

梁漱溟：《中国文化要义》，上海人民出版社 2005 年版。

［美］列文森：《儒教中国及其现代命运》，郑大华、任菁译，中国社会科学出版社 2000 年版。

李扬：《西方民俗学译论集》，中国海洋大学出版社 2003 年版。

李云忠：《中国少数民族现当代文学概观》，辽宁民族出版社 2006 年版。

［美］李湛忞：《全球化时代的文化分析》，杨彩霞译，译林出版社 2008 年版。

［美］马尔库斯、费彻尔：《作为文化批评的人类学》，王铭铭、蓝达居译，生活·读书·新知三联书店 1998 年版。

马克思、恩格斯：《马克思恩格斯选集》，人民出版社 1995 年版。

孟慧英：《西方民俗学史》，中国社会科学出版社 2006 年版。

［德］缪勒：《比较神话学》，刘魁立主编，金泽译，上海文艺出版社 1989 年版。

马翀炜、陈庆德：《民族文化资本化》，人民出版社 2004 年版。

［印度］帕尔塔·查特吉：《民族主义思想与殖民地世界》，范慕尤等译，译林出版社 2007 年版。

［俄］普罗普：《故事形态学》，贾放译，中华书局 2006 年版。

［美］彭慕兰：《大分流：欧洲、中国及现代世界经济的发展》，史建云译，江苏人民出版社 2003 年版。

［美］乔治·斯坦纳：《通天塔——文学翻译理论研究》，中国对外翻译出版公司 1987 年版。

钱锺书：《林纾的翻译》，商务印书馆 1981 年版。

［法］热奈特：《叙事话语新叙事话语》，王文融译，中国社会科学出版社 1990 年版。

石凤珍：《文艺"民族形式"论争研究》，中华书局 2007 年版。

孙歌：《亚洲意味着什么——文化间的"日本"》，巨流出版社 2001 年版。

孙歌：《竹内好的悖论》，北京大学出版社 2005 年版。

孙慧怡：《翻译·文学·文化》，北京大学出版社 1999 年版。

［斯洛文尼亚］斯拉沃热·齐泽克：《意识形态的崇高客体》，季广茂译，中央编译出版社 2002 年版。

［巴勒斯坦］萨义德：《知识分子论》，单德兴译，生活·读书·新知三联书店 2002 年版。

申雨平编：《西文翻译理论精选》，外语教育与研究出版社 1999 年版。

石之瑜：《社会科学知识新论：文化研究立场十评》，北京大学出版社 2005 年版。

陶东风、金元浦、高丙中编：《文化研究(5)》，广西师范大学出版社 2005 年版。

谭载喜：《西方翻译简史》，商务印书馆 1991 年版。

王斑：《全球化阴影下的历史与记忆》，南京大学出版社 2006 年版。

吴重阳：《中国当代民族文学概观》，中国民族学院出版社 1986 年版。

〔英〕威德森：《现代西方文学观念简史》，钱竞等译，北京大学出版社 2006 年版。

汪晖：《现代中国思想的兴起》，生活·读书·新知三联书店 2004 年版。

汪晖、陈燕谷编：《文化与公共性》，生活·读书·新知三联书店 1998 年版。

王洪涛：《翻译学的学科构建与文化转向》，上海译文出版社 2008 年版。

伍蠡甫主编：《西方文论选》，上海译文出版社 1979 年版。

汪民安：《福柯的界线》，中国社会科学出版社 2002 年版。

王明珂：《华夏边缘：历史记忆与族群认同》，允晨文化 1997 年版。

王明珂：《羌在汉藏之间》，中华书局 2008 年版。

王宁：《文化翻译与经典阐释》，中华书局 2006 年版。

王宁：《翻译研究的文化转向》，清华大学出版社 2009 年版。

王佑夫：《中国古代民族诗学初探》，民族出版社 2002 年版。

许宝强、罗永生编：《解殖与民族主义》，中央编译出版社 2004 年版。

许烺光：《美国人与中国人》，华夏出版社 1988 年版。

〔法〕西蒙娜·薇依：《扎根：人类责任宣言绪论》，徐卫翔译，生活·读书·新知三联书店 2003 年版。

〔日〕小森阳一：《近代日本国语批判》，陈多友译，吉林人民出版社 2003 年版。

谢天振：《比较文学与翻译研究》，业强出版社 1994 年版。

谢天振：《译介学》，上海外语教育出版社 1999 年版。

薛晓源、王宁主编：《全球化与后殖民批评》，中央编译出版社 1998 年版。

〔美〕夏志清：《中国现代小说史》，刘绍铭等译，香港中文大学出版社 2001 年版。

［英］伊恩・P. 瓦特：《小说的兴起》，高原、董红钧译，生活・读书・新知三联书店 1992 年版。

［美］约翰・迈尔斯・弗里：《口头诗学：帕里—洛德理论》，朝戈金译，社会科学文献出版社 2000 年版。

苑利主编：《二十世纪中国民俗学经典・学术史卷》，社会科学文献出版社 2002 年版。

苑利主编：《二十世纪中国民俗学经典・民俗理论卷》，社会科学文献出版社 2002 年版。

［德］耀斯：《审美经验与文学解释学》，顾建光等译，上海译文出版社 1997 年版。

朱栋霖等：《二十世纪中国文学史》，文史哲出版社 2000 年版。

《中国北方民族关系史》编写组编：《中国北方民族关系史》，中国社会科学出版社 1987 年版。

中国对外翻译出版公司编：《外国翻译理论评介文集》，中国对外翻译出版公司 1983 年版。

朱光潜：《朱光潜美学文集》，上海文艺出版社 1984 年版。

钟敬文：《建立中国民俗学派》，黑龙江教育出版社 1999 年版。

［美］詹姆斯・克利福德，乔治・E. 马库斯编：《写文化》，商务印书馆 2006 年版。

周炜：《佛界——活佛转世与西藏文明》，光明日报出版社 2000 年版。

周星主编：《民俗学的历史、理论与方法：上编》，商务印书馆 2006 年版。

赵稀方：《后殖民理论》，北京大学出版社 2009 年版。

张祥龙：《海德格尔思想与中国天道》，生活・读书・新知三联书店 1996 年版。

张紫晨编：《中外民俗学词典》，浙江人民出版社 1991 年版。

张旭东：《全球化时代的文化认同》，北京大学出版社 2005 年版。

张直心：《边地寻梦》，人民文学出版社 2006 年版。

英文部分

André Lefevere. *Translation, Rewriting and the Manipulation of Literary Fame*. Routledge，1992.

Baron and Spitzer. *Public Folklore*. Washington D. C： Smithsonian Institute Press，1992.

Charles Tilly. *The Formation of Nation States in Western Europe*. Princeton：Princeton University Press，1975.

Godfrey Lienhardt. *Modes of Thought. The Institutions of Primitive Society*. Oxford：Basil Blackwell，1954.

Gideon Toury. *Descriptive Translation Studies and Beyond*. Shanghai：Shanghai Foreign Language Education Press，2001.

Homi Bhabha. *The location of Culture*. London and New York：Routledge，1994.

Jenny Thomas. *Meaning in Interaction: An Introduction to Pragmatic*. London：Longman，1994.

Kathleen Davis. *Deconstruction and Translation*. London：Taylor & Francis Ltd.，2001.

Lawence Venuti. *The Translation's Invisibility: A History of Translation*. London and New York：Routledge，1995.

Lawence Venuti. *The Scandals of Translation: Towards an Ethics of Difference*. London and New York：Routledge，1998.

Maria Leach. *Funk and Wagnalls Standard Dictionary of Folklore, Mythology and Legend*. New York：Funk and Wagnalls，1949.

Maria Tymoczko，Edwin Gentzler. *Translation and power*. Boston：University of Massachusetts Press，2002.

Richard Dorson. *American Folklore*. Chicago：University of Chicago

Press，1959.

Richard Dorson. *Folklore and Fakelore*. Cambridge：Harvard University Press，1976.

Rnné Wellek. *Discriminations: Further Concepts of Criticism*. New Haven and London：Yale University Press，1970.

T. F. Hard. *Oxford Concise Dictionary of English Etymology*. Oxford University Press，1996.

学术论文·中文部分

［苏联］A. M. 列舍托夫：《论"中华民族"概念的内涵》，贺国安译，《民族译丛》1992 年第 4 期。

［美］阿布杜勒·贝·詹穆哈默德：《走向一种少数话语的理论：应该做什么?》，王逢振译，《外国文学》1994 年第 4 期。

［美］阿兰·邓迪斯：《伪民俗的制造》，周惠英译，《民间文化论坛》2004 年第 5 期。

朝戈金：《少数民族文学概论》，《中国民族》2006 年第 5 期。

朝戈金：《中国双语文学：现状与前景的理论思考》，《民族文学研究》1991 年第 1 期。

曹顺庆：《三重话语霸权下的少数民族文学研究》，《民族文学研究》2005 年第 3 期。

陈永国：《翻译的文化政治》，《文艺研究》2004 年第 5 期。

高丙中：《"民俗志"与"民族志"的使用对于民俗学的当下意义》，《民间文化论坛》2007 年第 1 期。

高丙中：《关于〈写文化〉》，《读书》2007 年第 4 期。

段峰、刘汇明：《民族志与翻译：翻译研究的人类学视野》，《四川师范大学学报》2006 年第 1 期。

董晓萍：《民族志式田野作业中的学者观念》，《北京师范大学学报》1998 年第 6 期。

邸永君：《"民族"一词见于〈南齐书〉》，《民族研究》2004 年第 3 期。

傅新毅：《佛教中的时间观念》，《江苏社会科学》2003 年第 2 期。

方维规：《论近代思想史上的"民族"、"Nation"与中国》，《二十一世纪》2002 年第 4 期。

［日］沟口雄三：《"知识共同"的可能性》，戴焕译，《读书》1998 年第 2 期。

关纪新：《打造全向度的民族文学理论平台》，《西南民族大学学报》2004 年第 12 期。

贺国安：《刘克甫谈汉民族研究与民族理论问题》，《民族研究》1987 年第 4 期。

韩锦春、李毅夫：《汉文"民族"一词的出现及其初期使用情况》，《民族研究》1984 年第 2 期。

胡继华：《第三空间》，载汪民安主编《主题先行》2008 年第 7 期。

郝时远：《先秦文献中的"族"与"族类"观》，《民族研究》2004 年第 2 期。

郝时远：《中文"民族"一词源流考辨》，《民族研究》2004 年第 6 期。

贺希格陶克陶：《中国少数民族文学研究》，《文艺理论与批评》1999 年第 1 期。

黄兴涛：《"民族"一词究竟何时在中文里出现》，《浙江学刊》2002 年第 1 期。

金天明、王庆仁：《中国近代谁先用"民族"一词》，《社会科学辑刊》1981 年第 2 期。

刘大先：《当代少数民族文学批评：反思与重建》，《文艺理论研究》2005 年第 2 期。

刘大先：《中国少数民族文学学科之检省》，《文艺理论研究》2007 年第 6 期。

李鸿然：《少数民族文学：概念的提出和确定》，《民族文学研究》1999 年第 2 期。

刘洪一：《流散文学与比较文学：机理及联结》，《中国比较文学》2006 年第 2 期。

凌津奇：《"离散"三议：历史与前瞻》，《外国文学评论》2007 年第 1 期。

李立：《小说化：民族志书写的一种可能性》，《云南民族大学学报》2006 年第 9 期。

刘俐俐：《大历史观与历史文化散文的价值》，《当代作家评论》2010 年第 2 期。

刘俐俐：《文学人类学写作的性质与作为——阿库乌雾人类学散文集〈神巫的祝咒〉述论》，《西南民族大学学报》2010 年第 2 期。

刘俐俐：《"美人之美"为宗旨的民族文学理论与方法的几个论域》，《文艺理论研究》2010 年第 1 期。

刘俐俐：《"美人之美"：多民族文化的战略选择》，《浙江工商大学学报》2009 年第 5 期。

刘俐俐：《汉语写作如何造就了少数民族的优秀作品——以鄂温克族作家乌热尔图的作品为例》，《学术研究》2009 年第 4 期。

刘俐俐：《关于文学"如何"的文学理论》，《文学评论》2008 年第 4 期。

刘俐俐：《经典文学作品文本分析的性质、地位、路径和意义》，《甘肃社会科学》2008 年第 3 期。

刘俐俐：《今天怎样阅读赵树理的小说——赵树理〈催粮差〉的文本分析》，《山西大学学报》2006 年第 2 期。

刘俐俐：《民族文学与文学性问题》，《民族文学研究》2005 年第 2 期。

刘俐俐：《一个有价值的逻辑起点——文学文本多层次结构问题》，《南开学报》2005 年第 2 期。

刘俐俐：《走进人道精神的民族文学中的文化身份意识》，《民族研究》2002 年第 4 期。

梁启超：《论小说与群治之关系》，《新小说》1902 年 11 月 27 日创刊号。

罗斯玛丽·列维·朱姆沃尔特：《头口传承方法纵谈》，《民族文学研究》2000 年增刊。

刘铁梁：《"标志性文化统领式"民俗志的理论与实践》，《北京师范大学学报》2005 年第 6 期。

梁庭望：《新中国少数民族文学研究之发展》，《民族文学研究》2000 年第 4 期。

梁文道：《汉字、国家与天下》，《国学》2009 年第 6 期。

刘小新：《论文学的民族性与民族主义》，《福建论坛》2008 年第 2 期。

卢义：《民族概念的理论探讨》，《云南民族大学学报》2006 年第 7 期。

林耀华：《关于"民族"一词的使用和译名的问题》，《历史研究》1963 年第 2 期。

马丽华：《灵魂三叹——扎西达娃及其创作》，《当代作家评论》1997 年第 2 期。

马翀炜：《民族文化的资本化运用》，《民族研究》2001 年第 1 期。

彭英明：《关于我国民族概念历史的初步考察——兼谈对斯大林民族定义的辩证理解》，《民族研究》1985 年第 2 期。

钱玄同：《中国今后之文字问题》，《新青年》1918 年 4 月 15 日第四卷第四号。

钱中文：《论民族文学与世界文学》，《中国文化研究》2003 年春之卷。

［荷］瑞恩·赛格斯：《全球化时代的文学和文化身份构建》，《跨文化对话》1999 年第 2 期。

饶芃子、蒲若茜：《从"本土"到"离散"——近三十年华裔美国文学批评理论评述》，《暨南学报》2005 年第 1 期。

茹莹：《汉语"民族"一词在我国的最早出现》，《世界民族》2001 年第 6 期。

史安斌：《"边界写作"与"第三空间"的构建：扎西达娃和拉什迪的跨文化"对话"》，《民族文学研究》2005 年第 3 期。

单超：《试论民族文学及其归属问题》，《中央民族大学学报》1983 年第 2 期。

孙歌：《作为方法的日本》，《读书》1995 年第 3 期。

苏光文：《爱国主义：1937～1945 年中国少数民族文学的中心话语》，《民族文学研究》2000 年第 1 期。

［美］托马斯・杜波依斯：《民族志诗学》，《民族文学研究》2000 年增刊。

田原：《在远离母语现场的边缘——浅谈母语、口语和双语写作》，《南方文坛》2005 年第 5 期。

王绯：《魔幻与荒诞：操在扎西达娃手心儿里的西藏》，《当代作家评论》1993 年第 4 期。

王锦强：《当代民族文学与语言》，《文艺争鸣》1992 年第 3 期。

卫景宜：《全球化写作与世界华人文学——美国华裔作家汤亭亭、裘小龙谈话述评》，《国外文学》2004 年第 3 期。

王铭铭：《远方文化的谜——民族志与实验民族志》，《中国社会科学季刊》1995 冬季卷。

王宁：《流散写作与中华文化的全球性特征》，《中国比较文学》2004 年第 4 期。

王宁：《流散文学与文化身份认同》，《社会科学》2006 年第 11 期。

乌热尔图：《不可剥夺的自我阐释权》，《读书》1997 年第 2 期。

吴文安、朱刚：《翻译策略的语境和方向》，《外国文学评论》2006 年第 2 期。

王霄冰：《民俗主义论与德国民俗学》，《民间文化论坛》2006 年第 3 期。

谢天振：《当代西方翻译研究的三个突破和两个转向》,《四川外国语学院学报》2003 年第 5 期。

徐新建：《从文学到人类学——关于民族志和写文化的答问》,《北方民族大学学报》2009 年第 1 期。

［日］西胁隆夫：《中国少数民族文学论序言》,何鸣雁译,《民族文学》1985 年第 3 期。

余虹：《文学的终结与文学性蔓延——兼谈后现代文学研究的任务》,《文艺研究》2002 年第 6 期。

尹虎彬：《从单重文化到双重文化的负载者》,《当代文艺思潮》1986 年第 6 期。

杨镰：《元代江浙双语文学家族研究》,《江苏大学学报》2009 年第 5 期。

杨利慧：《民族志诗学的理论与实践》,《北京师范大学学报》2004 年第 6 期。

伊塔马·埃文-佐哈尔：《多元系统论》,张南峰译,《中国翻译》2002 年第 7 期。

姚新勇：《对当代民族文学批评的批评》,《文艺争鸣》2003 年第 2 期。

姚新勇：《西部与小说"叙事革命"》,《暨南学报》2004 年第 1 期。

姚治华：《大圆满及海德格尔的四维时间》,《现代哲学》2006 年第 1 期。

张冰：《蒂尼亚诺夫的动态语言结构文学观》,《国外文学》2008 年第 3 期。

张福三：《实用·解释·巫术·礼仪——对民间文学功能的再认识》,《民族艺术研究》2004 年第 4 期。

钟敬文：《谈谈民俗志》,《文史知识》1998 年第 7 期。

［美］朱姆沃尔特：《头口传承方法纵谈》,《民族文学研究》2000 年增刊。

张南峰：《从边缘走向中心?》,《外国语》2001 年第 4 期。

张清华：《从这个人开始——追论 1985 年的扎西达娃》,《南方文坛》2004 年第 2 期。

赵汀阳：《天下体系：帝国与世界制度》,《世界哲学》2003 年第 5 期。

英文部分

Alan Dundes. *Who Are the Folk?* In: *Interpreting Folklore.* Bloomington: Indiana University Press. 1980.

Alan Dundes. *Nationalistic Inferiority Complexes and the Fabrication of Folklore. Journal of Folklore Research.* 1985 (22).

Alan Gailey. *The Nature of Tradition. Folklore.* 1989(2).

Itamar Evans-Zohar. *The Position of Translated Literature within the Literary Polysystem. Literature and Translation.* Leuven: ACCO. 1978.

Jonathan Culler. *The Literary of Theory.* In: *What's Left of Theory.* ed. Judith Butler. John Guillory & Kendall Thomas, New York & London: Routledge. 2000.

Richard Baumen. *The Field Study of Folklore in Context.* In: *Handbook of American Folklore.* Bloomington: Indiana University Press. 1983.

Richard M. Dorson. *Folklore. Zeitschrift fur Volkskunde.* 1969.

Robert Redfield. *The Folk Societ. American Journal of Sociology.* 1949(52).

Roman Jakobson. *On linguistic aspects of translation.* In: L. Venuti (Ed.). *The Translation Studies Reader.* London and New York: Routledge. 1967.

Ronald Baker. *Tradition and the Individual Talent in Folklore and Literature*. *Western Folklore*. 2000.

Sherry Simon. *Translation and Interlingual Creation in the Contact Zone*. In: *Paper for Translation as Culture Transmission Seminar*. Concordia University: Montreal. 1996.

Susan Bassnett. *The Translation Turn in Culture Studies*. In: *Constructing Cultures*. Multilingual Matters Ltd. 1998.

Venetia J. Newall. *The Adaptation of Folklore and Tradition (Folklorismus)*. *Folklore*. Vol. 98. 1987(2).